RELATOS ARCANOS

Tanya Victoria

ARS
COMMUNIS
EDITORIAL

ISBN 978-1-7350292-9-0

Copyright © 2025 Tanya Victoria Baeza

Copyright © 2025 Ars Communis Editorial

Library of Congress Control Number: 2024949514

www.arscommun.com

Diseño de portada e interior: Gustavo Lombardo

Crédito de Imagen de portada: *"Encuentro con el Pez Nocturno"*, Francisco Artolózoga Lujambio, "Patxilau"

A mí, por el tiempo perdido
A Diego, los momentos que pasé junto a ti son preciosos

ÍNDICE

Prólogo 7

Azul 11
Las Ninfas 19
Isla Plata 25
Río Vermilion 31
Composta 43
El éxodo de las Palomas 47
Los bien portados 53
Juan sin miedo 61
Atroz 69
Para cenar 85
Crónica de un culto 91
Teresa 111
La mamá de los niños araña 119
El Royal Caribean 129
La Esquina 135
Roberta Lohman 143
Arcanos 149

De la pluma de la autora 171
Biografía 173

Prólogo

La literatura para Tanya Victoria no es un asunto circunstancial, sino una sólida vocación y un proceso constante. Así lo demuestra su diplomado de creación literaria, en la época dorada, de La Sociedad de Escritores de México (SOGEM) a cargo de Hugo Arguelles, Dolores Castro, Vicente Leñero, José María Fernández Unsain y Oscar de La Borbolla, entre otras grandes figuras literarias. Sus estudios en Literatura Latinoamericana, en la Universidad Iberoamericana, son una base para conectar temas sociales y realismo mágico de su propia cultura. Al trasladarse a Chicago, colabora en periodismo cultural en Chicago Tribune, Contratiempo y el Béisman. Con el cuento *"La botella"* obtiene el primer lugar en el concurso nacional de género negro y fantástico organizado por radio Medianoche, en México. Asimismo, sus relatos han sido incluidos en antologías como *Féminas* (Ars Communis, 2021) y *Con la urgencia del instante* (Ars Communis, 2022).

Ahora Tanya Victoria nos entrega *Relatos Arcanos*. Uno de los primeros rasgos es la empatía; esa facilidad con que el lector puede quedar atrapado en cada una de las historias. Esto se alcanza a través de un cuidadoso empleo de un lenguaje directo, diáfano. Por ejemplo, el primer relato de *Relatos Arcanos*, "Azul", se inicia con la siguiente línea: *"Inevitablemente, al ver tu cuerpo plasmado en lienzo se me abrió un hueco en el pecho"*.

Predomina en *Relatos Arcanos* a nivel de la estructura la búsqueda del impacto. La secuencia narrativa se organiza de tal modo que en determinado momento ocurre una situación que radicalmente afecta la "normalidad" de los personajes. Por lo general, esta situación es de una cruda violencia y en ciertos casos, posee rasgos de horror. Es posible postular que es tipo de situación pueda ser interpretada como una alegoría del destino de los personajes. Un destino que sería inevitablemente fatal y que impacta a su contorno y tal vez al lector.

José A. Castro Urioste

Azul

"El amor es un estado de psicosis temporal"
Sigmund Freud

El Segundo final

Inevitablemente, al ver tu cuerpo plasmado en lienzo se me abrió un hueco en el pecho. Antes de que vendieran o almacenaran la pintura que hice, vine a recogerla. Afortunadamente sos un inofensivo ramo de rosas.

Mi Vieja

De niña viví en una nube jugando los juegos de niñas, estudiando en escuelas de niñas, soñando sueños de niñas. La relación con mi vieja fue, es y será tóxica. Mi vieja es inalcanzable y narcisista, su belleza duele. En el año que nací, mi vieja cumplió cuarenta y ocho años. Vivir dentro de su vientre fue vivir en un corredor frío de paredes que lloran sangre. El infinito trayecto a este mundo fue el primer infierno que conocí. Para nosotras, la ligazón especial de apego no se desarrolló. Mi cuerpo lanugo, mi cabeza lisa y mis ojos cuervos le causaron conflicto. Ella me había soñado con ojos celeste, como los ojos de mi viejo, el hombre de las mil auras.

Nunca di un paso en falso, siempre prolija. No tuve que esforzarme para seguir, al pie de la letra el manual de Carreño. Mi vieja venera al venezolano Manuel Antonio Carreño. En 1953, escribió el manual de la decencia, para que la sociedad decadente aprendiera a comportarse. Aun así, no pude complacer a mi vieja.

Mi Viejo

A pesar de todo lo que ha sucedido, para mi viejo yo siempre seré agua pura. El agua pura sigue siendo agua pura siempre. En el año que nací, el hombre de las mil auras cumplió cincuenta y cinco años. Su vida dio un giro total. Ya no halló tiempo para los ratos que pasaba con mi vieja de la mano. Cuando ella se ponía recelosa, él decía, *Mira mujer, mirá que tengo dos manos. Una para cada una.* Se esfumaron los planes de viajes que ambos habían postergado para cuando fueran jubilados. Mi viejo transfirió esos planes a una cuenta bancaria destinada a mis estudios. Cuando a mi vieja le daba por llorar, él decía *Mirá mujer, acordate que la nenita será huérfana muy joven.* Mi viejo se despidió de las largas veladas que durante años disfrutó con sus amigos. Cuando ella le recriminaba no tener más vida social, él decía, *Mirá mujer, el tiempo que estoy con las dos, es tiempo precioso.*

Realicé mi sueño de entrar a la UBA. Mi viejo y yo lo celebramos cenando en el mejor lugar de Puerto Madero, Crystal Bar, desde donde se ve el río de la Plata. Ingresar a la Universidad Nacional de las Artes y con una beca a largo plazo, no es cualquier cosa.

Vos

En el primer día de clases, apareciste causando fervor entre las estudiantes. En mi condición de nenita becada tenía que sobresalir y sacar notas excelentes. Tu condición de maestro extranjero te condenaba a la crítica de los docentes porteños. Hicimos buena pareja. Para mi madre, vos fuiste un pervertidor, un viejo verde. Para las compañeras de la UNA, sos el refachero. Para mi viejo, y para el glosario lunfardo, naciste rancio.

Nosotros

Mi mirada violenta te alborotaba el vigor. Tu mirada de azúcar me volvía mosca, me desubicabas a más no poder. Ni sé en qué momento desperté en tu cama. Durante todos los días del primer semestre y sus 181 tardes, tus labios de uva fermentada me enseñaron a besar. Tus dedos de aguarrás corrosivo me comían el cuerpo. El día que nos fuimos a vivir juntos, era lunes. También llovía a mares. Ese mismo día cumplí dieciocho años. Ese día, además, vos cumplías treinta y tres. Cuando se lo dije a mi madre, ella me vio de arriba abajo como si yo fuese cualquier mueble, y soltó la frasecita, *Si querés reirte, reite; si querés llorar, llorá. Hacé lo que quieras.* Ese día y por primera vez, vi mojados los ojos cielo de mi adorado viejo. Los abandoné. El manual de la decencia lo usamos para limpiar pinceles de mango largo y desechos de amor, de los que manchan el colchón. Estuvimos juntos sin salir del cuarto martes, miércoles y jueves. la noche del viernes te fuiste solo. Llegaste en la tarde del domingo con un ramo de rosas. Llegaste desbordado en fernet. Yo te besé la cara porque no te habías muerto. Así pasamos cientos de domingos. Llegabas con rosas, oliendo a fernet y sin explicaciones elaboradas. No me importaba.

Carol

Una noche en San Telmo, conocimos a Carol. La pelirroja de senos diminutos, decenas de pecas en las mejillas y dos inmensos zafiros rodeados de pestañas. De lunes a viernes laburaba en el hospital Borda. Algunos fines de semana se ganaba unos mangos bailando tango y vendiéndole antigüedades a los turistas. Antigüedades que en realidad eran cosas usadas de los años ochenta y cucharas de plata dobladas. Entre fernet diluido con coca cola, armando cigarros, escuchando una y otra vez "La canción de las bestias", decenas de picos y toqueteos, se decidió que Carol se venía con nosotros. Esa noche fuimos por su valija y se quedó a vivir con los dos. Después descubrí que Carol también estaba llena de pecas en la espalda y las nalgas. Cuando ella iba al hospital, yo vendía sus antigüedades, oleos tuyos y mis acuarelas. Que para mi sorpresa gustaban más. A la Carol que recogiste en San Telmo como a un perro abandonado, cada miércoles y días festivos le propinabas golpizas perdiendo la voluntad. Era la musa exclusiva para las obras que vos procrastinabas y yo ultimaba. Carol se convirtió en la liberación de mi energía reprimida. Legalmente y con la firma de mi viejo, Carol se llevó como suya y para siempre a Marina, la hija de los dos.

El Primer Final

Estabas hasta las manos por mí. Para no volverte loco de ternura, encontraste una salida común, y mientras hacíamos el amor, un huracán de sentimientos y emociones se amontonaban en tu boca rosada, y el instinto caníbal te sobrepasaba. *En tu vida, siempre seré el calor que transforma al agua pura en vapor*, me decías. Un domingo en la tarde, llegaste furioso, eras pura adrenalina. Ya no laburabas en la UBA. Tu cuenta de banco estaba seca. La plata que ganaba Carol apenas alcanzaba para el alquiler; yo, con siete meses de embarazo, era una inútil. Andabas tirado. Me acerqué a besarte el rostro porque no te moriste y con la mano izquierda me cruzaste la cara tres veces. Carol se te fue encima, saqué algo del cajón y lo clave en tu espalda. Con un balde, Carol te dio uno, dos, tres, para el cuarto golpe, te mató.

La Obra de Arte

Además del acento portugués, vos te diferenciabas de los otros maestros por no usar pintura preparada en pequeños tubos, de esa sintética. En una de las clases nos mostraste cómo prepararla con materias naturales. Primero eliminando grasa del aceite espesado, para después añadir trementina y cera de abeja. Como no encontré cera de abeja, el humor acuoso de tus ojos me dio buen resultado. Tu líquido intraocular no era transparente, era más bien amarillento, producto de tanto fernet. Con ayuda de tu grasa y mucha caseína, logré la textura aglutinante. Obtener tintes y pigmentos es un proceso complicado. Moliendo remolacha y cinabrio, surge el rojo. Para hacerlo intenso, habrá que agregar gotas de sangre. La tuya dio mejor resultado por estar tibia. Asimismo, maticé los pétalos de diferentes gamas color rojo. Licuando hongo amanita y caléndula, surge el amarillo. Para hacerlo vibrante y verdoso, habrá que agregar musgo barba de viejo. Como no encontré el musgo, tu bilis amarilla ofreció lo que buscaba. La mezcla de zarzamoras y cobalto lo hace suave. Para hacerlo índigo, habrá que mezclarlo con planta añil y calentar arándanos. No teníamos arándanos, pero el color de las venas cavas de tu corazón formó el tinte más codiciado, el azul.

Las Ninfas

"Más almas se van al infierno a causa de los pecados de la carne que por cualquier otra razón."
Fátima, 1913

En el confesionario

—Ave María Purísima.

—Sin pecado concebido, padre.

—Dime tus pecados, hermana.

—Siento un hondo desprecio de mi ser. Yo, Sor María de los Ángeles Rocha y Castillo, me acuso de no haber disciplinado a mis pupilas. También me acuso del pecado de la cólera.

—¿Por qué lo dices?

—Cuando descubrí las camas vacías de Susana Romero y Patricia Cayetana, la quietud dentro del claustro se destempló.

—Es una terrible tragedia. Las autoridades se están encargando. No cargues con pecados que no te corresponden. Esas indecentes no han de estar lejos.

—Padre, desde el primer día que las dos niñas llegaron a este claustro, Lilith las hizo suyas. Ahora entiendo por qué, siendo crías, ya tienen atributos de mujer. Mientras la carne de las demás es tersa como un capullo de flor, estas dos ya están cundidas de espinas. Pobre Susana, siempre había sido un manto de virtudes y… disculpe, es que no puedo contener el llanto.

—Continúa, hermana.

—Sí, padre. Ayer, el demonio de la lujuria tentó a Susanita y a Patricia, las encontraron detrás del manzano.

—¿El árbol que habita en nuestro jardín del Edén?

—Sí, ese mismo, padre. El manzano se ha convertido en el lugar sagrado para los cultos libertinos de Patricia Cayetana; ahí se aprovechó de Susanita. Yo estaba ciega, padre, no advertí que Lilith ya había endemoniado sus cuerpos. Siempre andaban con la prisa de salir al receso, con la premura de estar a solas. Y yo, padre, imaginaba que las otras crías las hacían a un lado, que las repudiaban por tener cuerpos carnosos, pero no, padre, las desdeñaban por su olor.

—¿A qué olor te refieres, María de los Ángeles?

—Al hedor del pecado, padre, huevo podrido y azufre. Yo misma caí en la trampa. Por mi culpa, por mi vergonzosa culpa, ¡todas las pupilas están corrompidas! Ninguna cosa impura puede morar en Dios Padre Celestial.

—Hermana, ve al grano.

—Antes de que Susanita se ensuciara, tenía un aroma a pan horneado, su olor era equiparable al aroma espiritual de mujer santa, la fragancia de su pelo mojado era una combinación de su amor a Jesús y el amor de Cristo a ella. Padre, Susana irradiaba un halo que la hacía brillar, se soltaba el pelo y llovían rizos. Era divina.

—¡María de los Ángeles Rocha y Castillo! Respira profundo, que ya estás desvariando. Ve al grano, ¿qué sucedió detrás del manzano?

—Ay, padre. Susana y Patricia perdieron la batalla frente al deseo carnal. Ayer, durante el receso, las alumnas Soledad y Prudencia llegaron corriendo hasta la oficina; con lágrimas en los ojos, me dijeron que Susana y Patricia... ¡Se estaban besando! Cogí el látigo de la castidad, el de cuerdas de cuero, para luchar contra el mismísimo demonio de la lujuria. Cuando llegamos al jardín del Edén, la clase entera las estaba espiando. Di un grito castigador: ¡Detente, Asmodeo, espíritu inmundo de la lujuria! Las demás niñas se echaron para atrás señalando a las pecadoras. Ay, padre, si hubiera visto...

—Si hubiera visto qué, continúa, hija, por Dios.

—Ahí estaba Patricia, con los ojos enardecidos y la lengua de serpiente extasiada por el sabor a centeno de Susanita. Susana, mi Susana, fuiste a caer en las garras del deseo carnal, ensuciaste tu cáliz con el bálsamo de Patricia. Mire, mire cómo tiembla mi cuerpo; este cuerpo que tanto guarecía a Susanita. Ahora entiendo por qué sus rechazos y su recelo de mi presencia. En mis sueños, ella pedía que le descubriera el último secreto de su inocencia. Sus manos acariciaron mi rostro decenas de veces. Padre, llegué a amarla como... ¡Como a una hija!

—Contrólate, hermana. Esos sentimientos no te ayudan en la confesión.

—Ay, padre. Cuando llegué al jardín del Edén, las vi. Debajo del cuerpo de Patricia Cayetana, pude ver las escamas de serpiente, el ambiente hedía a azufre. Susana estaba levitando, padre. Una fuerza divina alzó mi látigo para sosegar los deseos demoníacos de esas ninfas infernales. De un fuetazo detuve a Lilith. De un puntapié intenté cegar al demonio inmundo. Después me llegaron las convulsiones. No supe más de mí.

Recuerda que estás hecha de humildad, generosidad y caridad. No eres culpable. Dios derramará sus bendiciones sobre ti. El pueblo de San Quintín y sus familias estarán perpetuamente agradecidos por tu sacrificio para salvaguardar el honor de sus hijas. Con la investidura que la Santa Iglesia me da, te absuelvo de tus pecados, ve con Dios.

—Así sea, padre.

Isla Plata
18°49′17′′ N, 112°45′50′′ W
(Texto Apéndice de cuento Los Arcanos)

En la década de los setenta, la represión y la tortura en México se palpaban en todo el país. Todavía existen lagunas que no han sido exploradas; para muchos sigue siendo asfixiante. Sin embargo, para otros, vivir dentro de una burbuja resultaba más seguro. A finales de los años sesenta y principios de los setenta, muchos jóvenes se unieron y organizaron movimientos para sacudirse del yugo de la dominación política y la miseria. En México siempre hay nuevos fuegos que arden, la impunidad y la apatía siguen amenazando el bienestar de los ciudadanos. Hoy, la violencia criminal persigue objetivos muy diferentes a los de antes. ¿Será que la actual oleada de violencia sea un efecto a largo plazo de la violencia del pasado? En mucho afecta la situación de desigualdad que sigue siendo inmensa, ahora más escurridiza. Es posible que solo un poder extraordinario sea capaz de proteger a su pueblo contra todo tipo de malvados.

Villa Opulencia siempre ha sido un lugar protegido, los niños van a las mismas escuelas y los muertos se velan en las mismas funerarias. Los ricos no saben cómo vive la gente de Villa Miseria y cuando los pobres van a ese lugar, es para buscar trabajo. Las diferencias son abismales.

Fermín Acuña siempre vivió una vida privilegiada. Estudió ciencias químicas en la Universidad Autónoma de Madrid y se doctoró en ciencias físicas en la Universidad de Cambridge, en Boston. Su interés y pasión por la ingeniería genética nació mucho antes de la primera modificación genética artificial en 1973. Sus conocimientos eran superiores a los de muchos de sus colegas; antes de los 40 años ya era uno de los científicos más prestigiados del continente. Aunque su fuente de ingresos salía de su trabajo como Director General del hospital más exclusivo de la ciudad, y de sus negocios con diferentes farmacéuticas de Estados Unidos. Su pasión era la docencia. Daba clases de ciencias genómicas en la UNAM, ahí conoció a Simone Alcaraz; él fue su maestro y mentor de vida. Simone vivía en casa de don Fermín, ella había dejado todo para estar junto a él. Su yo pasado estaba bajo tierra y nunca volvería a ser parte de ella. Vivía con la familia Acuña, los hijos y la esposa de don Fermín. Su esposa nunca tuvo ningún problema de que Simone se instalara en la mansión, ese matrimonio por interés siempre había sido una quimera. Simone era una mujer brillante que, en poco tiempo, se convertiría en una científica de renombre, superando a su maestro. Dentro de algunos unos años sería una de las fundadoras de La Organización de Mujeres en Ciencia.

En el invierno de 1970 don Fermín y Simone Alcaraz hicieron una expedición al Archipiélago Revillagigedo, estaban ahí para estudiar la evolución de ciertos organismos. Súbitamente vieron el afloramiento de un volcán cubierto de selva, de unos trescientos cincuenta metros de altitud. Mientras observaban el increíble hallazgo advirtieron una figura humanoide volar hasta ahí. Perplejos decidieron acercarse a la isla recién nacida que, su playa estaba cubierta de arena gris muy clara y brillante, lucía metálica. Era un lugar habitado por sonidos y sombras. Simone y don Fermín bajaron a la playa y estuvieron varias horas observando el paisaje de la isla, sin atreverse a entrar. Persistía la sensación de que una señal saldría de la semioscuridad de la selva. Los silencios eran enervantes, el olor a mar lo inundaba todo. Después de varias horas, un grupo de mujeres de notable musculatura salieron a la playa, una de ellas se acercó a Simone y a don Fermín diciéndoles: "Este lugar es invisible para los demás. Hemos abierto el portal para ustedes, científicos apasionados que han hecho investigaciones sobresalientes, los dos serán parte de un cambio en la sociedad". Dentro de la selva había una ciudad espectacular que no conocieron. Los llevaron directamente a un laboratorio en donde conocieron a la doctora Doom, científica que aplicaba alquimia y magia en sus experimentos. La doctora Doom era una mujer muy peculiar, de mediana edad y muy baja estatura, con ojos luminosos y brazos anchos cubiertos de escamas verdes. Los tres comenzaron la preparación de substancias para alterar la estructura fisiológica; intercambiaron información sobre cambios de células, mutaciones, variaciones genéticas, antígenos. Don Fermín y Simone aprendieron todo acerca de animales transgénicos y sondas de hibridación. Finalmente crearon un compuesto extraordinario. "Tenemos cuatro dosis, se llevarán dos y dos se quedarán conmigo. Dénselas a dos mujeres con alma de niñas, que no tengan malicia. Que sean simples", les dijo la doctora Doom.

Simone decidió darle una dosis a la hija de Don Fermín, una preadolescente boba que nada más soñaba con tener novio y hacer dieta. Don Fermín se la dio a una de las chicas que trabaja haciendo la limpieza, una muchachita de Villa Miseria que no tenía ni quince años. Ni la una ni la otra sospecharon nada. Eran dos jóvenes ingenuas que, con suerte, contribuirían en algo a la sociedad. Ahí empezó una historia aún más difícil de creer.

"Dios sabe que las personas necesitan un héroe, gente valiente que se sacrifique, poniendo el ejemplo a todos. Todo el mundo ama a un héroe, se forman para verlos, aclamarlos, gritar su nombre y, con los años, relatan cómo soportaron horas de lluvia sólo para ver al que les enseñó a resistir un segundo más. Me parece que hay un héroe en todos nosotros... Nos da fuerza, nos hace nobles, nos mantiene honestos. Y al final, nos permite morir con orgullo... Aunque a veces haya que ser firmes y renunciar a aquello que más queremos... Hasta nuestros sueños".

May Parker.

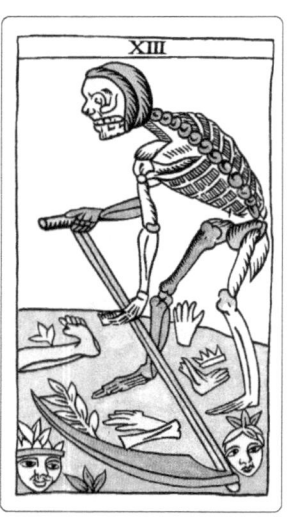

Río Vermilion
29.7650424°N 92.1537699°W

Dany, Laura y yo, nos conocíamos de siempre, además de vivir en la misma cuadra, éramos inseparables compañeros de escuela. Laura tenía una canoa de madera y casi a diario íbamos a remar al río Vermilion, en La Fayette, Luisiana. Según Laura, que siempre fue genial con las matemáticas, lo remamos más de mil doscientas veces, hasta que Dany se nos escurrió de las manos.

Tras casi tres décadas de no regresar a La Fayette, un texto de ella me animó a volver: Tomás, encontré el mapa. Su texto me sorprendió, pues desde hacía unas semanas estuve soñando con Dany, con ella, con el Vermilion. Estuve tentado a buscarla, así que cuando me mandó el mensaje, no lo pensé dos veces y me fui a Luisiana. Yo necesitaba una excusa para regresar a verla y exorcizarme, quería sacar de raíz a los monstruos que, a pesar de los años, nunca me habían dejado tranquilo.

El mentado mapa no me interesaba, pensar en ese papiro oprimía mi mente recreando la escena de cuando Dany dijo que lo había perdido. Mi arma más letal son las palabras: "Para qué te lo dimos a ti, el más irresponsable, y tonto", le grité, y con los ojos llorosos, expresó preocupado: "Lo voy a buscar bien, en este momento no me acuerdo en dónde lo puse", y yo seguí atacándolo, "De veras que no sirves para nada, por eso repruebas los exámenes, y por idiota, tu papá te agarra a golpes". Dany no habló y bajó la cabeza, pero Laura me miró furiosa: "Eres un demonio, Tomás. Es un mapa, nada más que un papel". Con los ojos aguados y las palabras rotas él, nos dijo: "Les prometo que lo encuentro". Le pedí una disculpa, de esas que no valen para nada, "Perdón, me sobresalté, es que me desesperas". Dany me miró a los ojos y, tocándome el hombro, dijo: "Tomás, lo que se dice y lo que se hace es para siempre", haciéndome un guiño engañoso, irónico. Y el maldito mapa apareció treinta años después en casa de Laura. ¿Por qué? Eso es lo de menos.

Yo tenía prohibido acercarme al Vermilion, pues en la década de los setenta se había ganado la reputación de ser el río más contaminado del país, el agua era tóxica y despiadada. A ninguno de los tres nos importaba el sabor metálico en la boca ni las encías sangrantes. Muchas veces, los padres de Laura intentaron quitarle la canoa, nosotros la escondíamos; la regañaban a ella, a mí, y después se les olvidaba y otra vez nos íbamos a remar. A Dany, le iba mucho peor porque su padre era bestial.

En el pueblo, todos teníamos algún relato escalofriante que contar acerca del Vermilion. Mi papá siempre sacaba al tema la historia de cuando vio una vaca muerta flotando en el río: "La vaca tenía los ojos ahuecados, la pobre estaba toda enlodada flotando río abajo, se había ahogado". Para mi madre lo aterrador

RELATOS ARCANOS | Tanya Victoria

eran las apariciones y, cuando mi padre contaba lo de la vaca, ella replicaba: "Fue mejor que vieras una vaca, yo vi dos cadáveres, dos hombres inflados de agua flotando en el Vermilion. Ahí abajo es una villa de fantasmas". A ella le aterraban los monumentales cipreses porque eran espeluznantes. Estaba convencida de que esos árboles tenían tentáculos sumergidos en las profundidades para albergar a los muertos que han estado esperando ser enterrados.

Antes de la era de la protección del medio ambiente, la gente tenía la costumbre de tirar basura a diestra y siniestra en la calle y, como todo lo que está en la calle llega al río, pues estaba hecho un asco. De niños, ni a Dany ni a Laura ni a mí nos intimidaban la porquería ni las historias. Nuestros padres y maestros siempre acusaron al río de apocalíptico, por contaminado y macabro. La verdad es que lo malo del Vermilion no eran ni los tentáculos de los cipreses, ni los caimanes y menos los sapos de tres ojos que solo añoraban la serenidad de la naturaleza. Lo malo éramos los habitantes de La Fayette. Se ha hecho mucho por ese lugar; aunque ahora los árboles lucen compasivos y el agua es nítida, para mí es difícil escapar del estigma. No importa lo que el distrito Bayou Vermilion le haga al río, este seguirá siendo repugnante.

Conforme fuimos creciendo, nos arriesgábamos a adentrarnos mucho a las profundidades del Vermilion. Laura aseguraba que a más distancia de la orilla había menos contaminación. "No sean ignorantes, los pesticidas y la basura se disuelven después de estar flotando bajo el sol, más adentro del Vermilion ya el agua está limpia". En esa época, todo lo que Laura dijera era palabra de dios. Ella era más que bonita, tenía el pelo hasta la mitad de la espalda, muy dorado, resplandeciente; sus ojos achinados eran verdes y luminosos. Estábamos en la preadolescencia y, por fortuna, Dany y yo fuimos testigos de cómo se ensanchaban las caderas de Laura y pacientemente vimos que el tamaño de sus senos iba aumentando. La seguíamos a todos lados. Ella controlaba los remos y el rumbo de nuestras ocurrencias.

Río adentro, los árboles, que siguen dominando el lugar, son enormes, oscuros y no dejan pasar bien los rayos del sol. La semioscuridad estaba repleta de sombras y sonidos extraños. Los caimanes siempre acechaban cada rincón, sus ojos de pupilas verticales nunca nos perdían de vista; aún así, seguimos yendo a explorar. Era una sensación sagrada, los tres contra la naturaleza sometiendo al potente pantano. Uno de esos días húmedos y lluviosos, divisamos una canoa cubierta de musgo de pudrición, dentro había un muerto. El pelo le cubría el rostro, sus manos parecían dos globos verdes inflados.

Nos acercamos muchísimo, nuestra canoa golpeó la suya. Laura se levantó para meterse en la canoa del muerto. Aunque con el cuerpo trémulo, muy segura de sí, dijo: "Este pobre no tiene ni noventa y seis horas de fallecido, todavía no es esqueleto". "¿Tú cómo sabes?", le preguntó Dany. "Porque yo sé", contestó molesta. Laura quería estudiar medicina, hubiera sido buena, pero La Fayette la consumió, nunca salió viva de ese pueblo. En un abrir y cerrar de ojos, ya estaba metida en la otra canoa, le hizo a un lado el pelo de la cara al muerto, sus ojos estaban blancos y vidriosos. "A este alguien lo metió en la canoa, evidentemente, se murió ahogado y ni modo que subiera solo". De pronto, Laura se sobresaltó y, murmurando toda espantada y pálida, dijo: "Algo nos está viendo desde ahí". Señaló la oscuridad del pantano. Los tres nos quedamos inmovilizados por un momento. Fue horrible pensar que algún ente extraño estaba escondido, observándonos. Un desasosiego me partió en dos y le grité a Laura que se pasara a nuestra canoa y nos fuéramos de ahí inmediatamente, pero ella era sorda a mis gritos, unos gritos que en realidad eran súplica. Se agachó para sacar una mochila que estaba al fondo de la canoa del muerto, se la puso en la espada y trató de pasar a la nuestra, yo la empuje: "De ninguna manera traigas aquí esa mochila, no es tuya". "Tomás, no seas bruto, déjame subir". Mi instinto fue empujarla otra vez, ella resbaló y cayó encima del muerto, que comenzó a escupir agua lodosa y produjo olores de cadáver. Dany extendió los brazos y la ayudó a salir de ahí. Los dos me fulminaron con una mirada feroz: "Eres un demonio", dijo Laura. Me senté y me puse a llorar de miedo, de frustración y porque ella me consideraba un demonio. Cuando llegamos a tierra firme, abrieron la mochila, traía una cantimplora grande y gris, una bolsa de plástico, de esas con cierre hermético en la parte superior, y ahí adentro había un papel. Dany abrió la bolsa y sacó un mapa en el que estaba trazada una ruta; en algún punto, el mapita tenía una equis grande y roja. Como se nos había hecho muy tarde, teníamos que regresar a nuestras respectivas casas. "Llévate las cosas Dany, mañana traes el mapa y nos vemos aquí. Tenemos que descubrir lo que ese mapa oculta, ¡podría ser un tesoro!", nos dijo muy emocionada. Recuerdo que esa noche yo no pude dormir, la imagen del muerto con la cara abultada y sus olores repugnantes me inquietaron toda la noche. El pensar que algún ente estuviera escondido en la oscuridad observando nuestros movimientos me ponía los nervios de punta.

Al otro día, llegamos muy temprano al lugar acordado. Dany tenía un moretón en la cara y los brazos marcados. Antes de que dijéramos nada, él explicó que no se acordaba en dónde había dejado las cosas, Laura lo miró y le dio un abrazo, y yo, bueno, yo le dije cosas horribles. Los días pasaron y nos dejamos de reunir. Yo los espiaba de lejos. A Dany, como reprobó secundaria, su padre lo sacó de la escuela y se lo llevó a trabajar con él a Nueva Orleans, casi nunca estaban por La Fayette. Cuando Laura me veía, se daba la vuelta. Nunca se supo nada del muerto al que le robamos el mapa, es posible que los sapos de tres ojos y los caimanes o el mismo maldito río, se lo hayan tragado.

Pasaron varios meses, tres para ser exacto. Un domingo por la noche, vi que Dany salía corriendo de su casa y fui tras de él. Llegó hasta la canoa en donde estaba Laura, fumando marihuana, él se sentó junto a ella y también empezó a fumar. Sospeché que ellos seguían viéndose y que me habían hecho a un lado. Nunca quise confirmarlo, ¿para qué? A sus ojos, yo era un demonio de lengua viperina, y sí, sí lo era. Me senté junto a ellos, no me dijeron nada. Laura me dio el pedacito de porro que tenía, yo lo quise fumar tragándome todo el humo, los tres nos reímos como antes. "Vamos a remar una última vez, hoy me largo de Luisiana", dijo Dany, a quien vi extremadamente delgado, con un chipote rojo en la frente y los labios como dos bultitos purpuras. Nos levantamos y nos metimos a la canoa. Remamos menos de veinte minutos, la negrura del lugar era cada vez más fría, resaltaba un olor a huevo podrido. Esa noche, el canto de los sapos era estridente, un sonido atormentado. Precipitada, Laura se levantó señalando la oscuridad, su cuerpo desesperado movía de un lado a otro la canoa, y dijo: "Alguien nos está viendo". De súbito, cayó al río. Estirando los brazos intenté ayudarla, pero mi peso me ganó y me caí, tragué tanta agua, estaba aterrado, pensé que me moría. Sentí cómo las algas se enredaban en mis piernas, apretándome con fuerza, comencé a hundirme más y más. Una madera me golpeo el cuerpo, era el remo, y me aferré a él. Escuché la voz de Dany gritando mi nombre, trataba de alcanzarme con la pala de la canoa. Incomprensiblemente, las algas se aflojaron soltando mis piernas, saqué la nariz, después la boca y respiré un aire denso y pegajoso. Laura ya estaba arriba, él me dio la mano para ayudarme a subir, yo era más pesado, y en lugar de poder subirme, lo jalé. Se cayó, y yo pude sujetarme a la canoa. Vi cómo una vorágine de manos y brazos lo sumergían por completo, y desapareció. Se escucharon lamentaciones, balbuceos dolientes. Laura me ayudó a subir. Remamos. Nos fuimos. Un acontecimiento horrible. En la declaración, ella y yo explicamos todo, sin omitir un solo detalle. La pregunta que me sofocaba y que todos en el pueblo nos hicieron fue por qué no lo buscamos. No lo sé.

El padre de Dany nos culpó por la desaparición de su hijo. El hombre se iba al Vermilion cada noche, todo el pueblo podía escuchar sus rugidos de dolor. A Laura y a mí se nos desvaneció el alma del cuerpo. La Fayette nos marcó con la letra escarlata: éramos culpables. Mis padres decidieron que lo mejor era mandarme a Texas a vivir con mi tía. Laura y yo seguimos diferentes caminos. Ella empezó a trabajar en la casa de huéspedes de su familia. Tres años después de mi partida, mi padre murió. Mi mamá se mudó a San Antonio a vivir conmigo. Cuando llegué a Texas, intenté comunicarme con Laura, la única vez que contestó el teléfono, fue para decirme: "Tomás, lo único que nos une es un abominable recuerdo. Ya no me busques".

Mucho tiempo después, en las redes sociales, me enteré de que la casa de huéspedes de su familia, Blue Moon, hoy es un lugar muy popular en Luisiana. En la parte aledaña del hostal, Laura abrió un salón de conciertos. El lugar tenía una página de *Facebook* y ahí le mande un par de mensajes. Aunque sus respuestas eran breves, por lo menos contestaba. Cuando ella me contactó, por lo del mapa, le dije que me quedaría en el *Blue Moon* todo el fin de semana. Me bastó estar en ese pueblo unas horas para no regresar jamás.

Yo no he cambiado mucho, tengo menos pelo y estoy más relleno, ella sí se veía diferente. Las redondeces de su cuerpo se esfumaron, clavícula y esternón se le marcaban en el pecho, el pelo le colgaba de una larguísima trenza y era platinado, muy brillante. De no ser por las fotos que ya había visto en Facebook, no la hubiera reconocido. En cuanto sentí su cercanía, le di un abrazo, ella no se movió. Solamente clavó su mirada dentro de mis ojos, que ya estaban llorando. "Te contacté para que rememos el Vermilion y sigamos la ruta del mapa". El mapa estaba vivo de milagro, evaporado casi, una esquina del papel ya estaba desintegrada. Con un plumín negro, Laura había trazado una ruta que apenas se distinguía. "¿Y esto? Esto no guía a nada, no es nada", le dije con ironía. En la pantalla de su teléfono, Laura me enseñó un mapa digital, según ella, era el mismo. "De aquí saqué la ruta hasta el punto en donde perdimos a Dany, en ese mismo sitio estaba la equis roja, fíjate bien". "Laura, no necesitamos un mapa, los dos sabemos exactamente en dónde fue". Ella estaba sorda a mis palabras y me empezó a hablar de las coordenadas y rutas para navegar el río. Yo había manejado ocho horas, Laura apenas me dejó ir al baño. En lugar de nuestra vieja canoa, hecha de madera, nos subimos a un kayak doble color rojo; se sentó atrás, esta no sería la excepción, ella iba a llevar el control. Mientras paleábamos, me contó que había soñado con Dany y que él quería que fuéramos a buscarlo. "Laura, también he soñado con él, está en nuestro inconsciente, son sueños". Irritada, dijo: "Tomás, yo siempre he estado consiente cuando pienso en él y, cuando lo veo en mis sueños, nunca lo he escondido en el inconsciente", y comenzó a remar más rápido. Un escalofrío me atravesó el cuerpo, yo no podía remar más. Mi condición física es terrible y el calor ahí era insoportable, tanto era el calor que me causó un intenso dolor de cabeza y un vómito abrumador. "¿Qué te pasa, Tomás, estás mal? ¡Tomás!" Momentáneamente, me trasladé a una forma diferente de existencia, como si cruzara a un mundo paralelo en donde me faltaba el aire, luego de casi asfixiarme, sentí una tranquilidad difícil de describir, una sensación de calma y serenidad que se alteró con la quemazón en mi pecho, fue cuando abrí los ojos. Comencé a hundirme, yo ya estaba dentro del agua, ella seguía en el kayak deseperada. Intentando hacer algo por mí, se lanzó al río. Me abrazó como pudo y empezamos a nadar para acercarnos a la embarcación, pero el kayak se alejaba cada vez más, hasta que lo perdimos de vista. Los árboles gigantescos comenzaron a agitarse mientras una vorágine de brazos y manos hundían a Laura delante de mis ojos. Una helada oscuridad llegó acompañada por un lamento. No sé bien la razón, pero presentí que ese lamento era de Dany, que observaba cómo se nos iba la vida. Ella comenzó a transformarse en un ente de rostro amorfo, se fue para abajo. Se alejaba de mí, esta vez para siempre. En vez del kayak, apareció una canoa de madera, como pude me subí y, sin voltear atrás, remé hasta La Fayette. Me apresuré a llegar a mi auto. Después de ocho horas, estaba en mi casa, estremeciéndome profundamente, sintiendo a mil demonios a mi alrededor.

Composta

En la naturaleza no hay recompensas
ni castigos, hay consecuencias
Robert Green Ingersoll

Regresé del campamento con un bulto rojizo en el párpado inferior del ojo izquierdo. Mi tía Pilar me dijo: "Pínchate la perrilla con una aguja bien caliente, así la grasa acumulada sale y ya se te quita". En el momento en que inserté la punta de la aguja en la bolita, un hilo amarillo salió del lagrimal atravesando la parte blanca del ojo.

El bultito dejó de ser un simple absceso para evolucionar en parásitos. "Por estar tomando agua estancada", me dijo la oftalmóloga, explicándome que, como el agua no fluye, se contamina con todo tipo de bacterias. Un parásito se había pegado a mi intestino delgado, formando un quiste que explotó, y sus larvas viajaron por el torrente sanguíneo, instalándose en mi nervio óptico. Me recetó antiinflamatorios y corticoides que de nada sirvieron. En la imagen tridimensional que me hicieron vi a la lombriz, que tiene ganchos en uno de sus extremos, y su cuerpo está dividido en segmentos repletos de huevos.

Cada parpadeo se siente como un puñetazo, ya no tengo energía. La doctora me dio dos opciones: extirparme el ojo en su totalidad o untarme tierra mojada y frutas podridas una vez a la semana para así hacer las paces con mi inquilino.

El éxodo de las Palomas

*"La vida es para los valientes. Los cobardes
nunca experimentan la verdadera alegría."*
Juana de Arco

En Chicago, febrero es el mes más frío del año, la temperatura puede bajar hasta menos veinte grados centígrados. Es estúpidamente helado. Lo que más me molesta en esta época, es ver a las muchachitas con el pelo mojado caminando en la calle o esperando el tren. Siempre hay niñas que lo traen así, han de tener toda la melena quebrada por el viento gélido y la sequedad de la calefacción. Es una tontería, pero es que esas muchachitas me recuerdan a las Palomas; de cuando vivía en Loma Blanca, allá en Juárez. La última vez que las vi, tenían el pelo hecho trizas.

Además de ser primas maternas y tener el mismo nombre, Paloma Domínguez y Paloma Cabrera, también tenían atracción física y sentimental una por la otra. Me di cuenta de ese detalle desde la primera vez que las vi. Habrán tenido, no sé, ¿doce años? Para algunos puede pasar desapercibido, para mí, no. Paloma Domínguez tenía labios de fresa, Paloma Cabrera, mil pestañas astutas. Yo era la maestra de matemáticas en la única escuela de Loma Blanca.

Una mala tarde, Juanito Domínguez llegó temprano a su casa y descubrió a su hermana y a su prima encueradas una sobre la otra, acabándose la boca. Juanito se quedó boquiabierto, venía acompañado por su abuela, que, al ver semejante espectáculo, se volvió loca de furia. Se le fue encima a una de las nietas, le arrancó pelo, le escupió, le hizo manita de puerco. La pobre Paloma Domínguez estaba hecha bolita en el suelo, cubriéndose la cara con las manos, mientras le decía a su inquisidora: *No, abuela, en la cara no.* La abuela no podía contener su rabia y gritaba: *¡Eres una puerca!* Lo bueno es que Juanito se había echado a correr, era un espectáculo deplorable para los ojos de un niño de seis años. Paloma Cabrera se le fue encima a la señora, quien le dio una mordida, y la muchacha le partió el brazo. Entonces sí, ahí ya iba a arder Troya.

—Paloma, párate y vámonos en chinga.

Llegaron a mi casa descalzas, con la planta de los pies ensangrentadas. Paloma Cabrera tenía el antebrazo mordido; no era grave, pues la abuela nada más tenía cuatro dientes. A Paloma Domínguez sí la dejaron como Santo Cristo, con el parpado del ojo derecho reventado. La abuela le arrancó un buen pedazo de cuero cabelludo. La sangre, que no dejaba de brotar, era sumamente roja. A Paloma Domínguez le dio un ataque de pánico que le provocó una hiperventilación. Pensé que se me moría.

Era febrero de 2011, en Loma Blanca se registraron temperaturas de menos veinte grados centígrados. Ese mes fue cuando dejé a las Palomas con mi primo, que era coyote.

Los bien portados

"Aquí, la ilusión se paga con la vida"
Elena Garro

Madame Ka nunca fue la mejor maestra de francés, en los acentos graves su pronunciación no era abierta, y, sus "R" nunca sonaron a "G". Siendo una escuela de puros niños, todos teníamos la ilusión de estar en su clase. A ningún alumno le importaba que la maestra de francés no tuviera una pronunciación perfecta, ni siquiera el director cuestionó ese detalle; Madame Ka era de una belleza sublime. Tendría 23 o 24 años, el color de su pelo era rojo intenso, como el vino tinto. Sus ojos parecían dos canicas azules. De no haber nacido, Gustav Klimt la hubiera inventado. Decían que era de Toulouse y que había estudiado en Paris. Corría el rumor de que llegó a México por una invitación del embajador. No sé por qué en la escuela creíamos que era vegetariana; *Indudablemente una mujer sofisticada*, nos decía el director de la escuela. Por si fuera poco, Madame Ka era una experta en repostería francesa. Siempre nos consentía llevando deliciosos y elegantísimos postres. Al menos yo aumenté más de tres kilos el primer trimestre.

En las lecciones no faltaban *macarons*, de textura perfecta y un olor profundo a almendra. Cuando algún alumno cumplía años durante el curso, Madame Ka le daba un recipiente con diez *profiteroles*, esas bolas crujientes esponjadas rellenas de chocolate. Mi cumpleaños es el 24 de diciembre, ni de broma me tocaban, pues es Navidad y no hay clases. Probé un *profiterol* porque le di lástima y 80 pesos a Fabio. El día que lo probé, el olor a azúcar se expandió uniformemente en mi cuerpo, los *profiteroles* de Madame Ka tenían un sabor que elevaba a las nubes. Yo moría de amor por ella.

Al final del periodo, los tres mejores estudiantes cenarían en su casa, nuestra adorada maestra lo había estado planeando por mucho tiempo, y por fin había llegado el momento. Nunca fui un niño que sobresaliera en sus clases, y no habría otra oportunidad de repetir el curso de francés, pues mi familia y yo nos mudábamos de ciudad en verano. Mi amor por ella era simplemente irrealizable, ir a su casa a cenar al final del curso aliviaría un poco mi agonía. Así que me la pasé haciendo chonguitos mexicanos con el dedo medio sobre el índice, y cuando me cansaba hacia chonguitos checos cubriendo mi dedo pulgar con los otros cuatro dedos.

Mi ilusión era escuchar de sus labios extranjeros que yo era un niño bien portado, *un garçon bien comporté*. Ya sean chonguitos como chongo en la cabeza o changuitos como changos colgados de un árbol, me consta que ese conjuro si funciona.

Era lógico que Juan Zavala, Beto Perea y Federico Eduardo Cadena serían los ganadores para ir cenar a casa de Madame Ka. Ella siempre dijo que los tres eran *délicieuse*. Ingenuamente pensamos que ganarían por nerds, no por deliciosos como ella dijo.

Una de las clases que recuerdo con más claridad y detalle es la que tuvimos en la biblioteca; con ayuda de libros ilustrados y diapositivas amarillentas, recorrimos Paris. Dos horas de clase viendo fotos en el proyector, escuchando música tradicional francesa y comiendo *delicieux rochiers, noix de coco*. Esas galletitas rústicas tenían un aroma poético; eran su universo propio: me comí quince, o como ella diría: *quinze*. Madame Ka aprovechó esa clase para invitarnos a ver un espectáculo con a la que, según ella, era la mejor compañía de marionetas en el mundo, la maravillosa: Serendipiti. La mujer estaba tan emocionada que sus ojos se llenaron de lágrimas. Su cuerpo era una luz de vela, trémulo, la emoción la hizo irradiar un esplendor que quemaba. *"Que c'est émouvant. son de muchos colores. Los titiriteros tiran d'un hilo para poner en movimiento la cabeza o la mano de estos pequeños seres, después sus hombros, sus ojos. Bientôt, nous verrons les marionnettes, la compagnie de Sérendipité"*. Escucharla intercambiar palabras en francés y en español era fascinante. En ese tiempo yo era un niño de diez años y estar ahí, escuchar su voz me hacía feliz. Hoy, como hombre de veinte, recordarla es una experiencia orgásmica.

Aunque se escuche cruel y despiadado, la suerte jugó a mi favor y Juan desapareció dos semanas antes del fin de curso. La terrible tragedia que la familia Zavala sufrió fue mi boleto para escuchar a Madame Ka decirme: *tu es un garçon sage*.

Todo el tiempo comía dulces, por lo tanto, su aliento era igual que el olor de las peras. Juan hablaba inglés, español, japonés y por supuesto francés. Sus padres adoraban a Madame Ka, hasta el día en que la odiaron. Ese día fue un viernes, cuando vimos el espectáculo de los títeres de la compañía Serendipity. Durante la función, las personas que trabajaban ahí nos dieron duraznos en almíbar y agua de melón. A diferencia de los demás estudiantes, que estábamos cohibidos, Juanito participó en todo; cantó en francés y bailó con mucho entusiasmo. Por eso le regalaron el horrible títere que asemejaba un huevo con cara de porcelana, piernas de trapo y sombrerito de lentejuelas verdes. Toda la emoción que los estudiantes sentíamos se desmoronó cuando, tristemente, antes de subirnos al autobús para regresar a la escuela, Juan fue al baño y no regresó. No recuerdo bien qué sucedió ese fin de semana, la tragedia es una bruma en mi memoria. El lunes no tuvimos clase, el martes, sí. Madame Ka colocó al horrible títere con cara un huevo sobre el escritorio del salón de clase. Juan Zavala se convirtió en el icono de perfección. La mayoría de las familias, incluyendo a la mía y, obviamente el director de la escuela, estuvieron de acuerdo en que Madame Ka también había sido una víctima y le daban su apoyo incondicional. A partir de ahí, en la escuela no se tocó el tema, al menos no con los estudiantes. No volvimos a saber nada del asunto. Mis compañeros y yo tuvimos una actitud egoísta y hasta inmoral ante la situación, ni siquiera se nos ocurrió preguntar qué había sucedido. Mi código de ética hoy, como adulto, es muy diferente al de cuando era un niño. Parecía como si la ausencia de Juan no nos afectara; seguimos tan campantes.

Unas semanas después del trágico evento, hubo una junta con los padres de Beto, de Federico y también con los míos, pues los planes de ir a casa de Madame Ka a fin de curso seguían en pie; además, así nos distraeríamos de tan terrible episodio escolar. Así es, ella decidió que yo también era uno de lo bien portados.

Su casa era blanca, las paredes, el techo, las puertas, las cortinas, el piso, todo completamente blanco; nunca había visto tanta blancura en una casa. En la mesa del comedor había platos con comida para picar, ella le decía *collation* nosotros, botana. Apenas nos habíamos sentado cuando Madame Ka nos dejó solos para contestar el teléfono: *Un instant y reviens*, nos dijo. Se fue y los tres decidimos explorar la casa. ¿Qué podía pasar? De puntitas, nos levantamos y entramos a la inmensa cocina, también era blanca. Adentro había un olor penetrante a caramelo que, a pesar de los años todavía lo llevo impregnado en la nariz. Esa fue la primera y única vez que vi un refrigerador de acero inoxidable de color blanco. Sobre la barra había una exagerada cantidad de masa rosa y un martillo metálico. En medio de la cocina había un inmenso barril de madera, los tres fuimos a ver qué tenía adentro. Para nuestra gran sorpresa ahí estaba sumergido Juan Zavala, marinándose en un líquido espeso, un néctar como el almíbar de los duraznos en lata. Los tres salimos volando, directos a la puerta de la entrada y de ahí hasta la calle. Corrimos y gritamos como locos desquiciados.

Juan sin miedo

"Lo que no ha pasado de día, puede pasar en la noche"
César Borgia

—Espérense no me dejen sola. A mí no me gusta quedarme sola en la escuela, menos en la noche. Mi esposo y yo vimos un video en donde un alumno descuartizó a su maestra.

—Yo la espero *teacher*. Deme su mochila, le ayudo. ¿Dónde se estaciona?
—Del otro lado del edifico
—Ah, yo la acompaño a su coche. No hay fijón, *teacher*.
—Gracias, Juan.
—Oiga, ¿y la mataron aquí en esta escuela?
—No, en Florida.
—¿Qué pasó?
—Eran clases como esta, nocturnas de inglés para adultos. En el video se ve que cuando la clase termina la maestra se queda a explicarle algo al alumno, un fulano grandote. Después de unos

diez minutos se despiden, el estudiante se va y ella se mete al baño. Después de unos segundos el fulano regresa y se mete al baño donde esta ella. Pasa un buen rato, una media hora y se ve al estudiante salir del baño arrastrando una bolsa negra, esas de la de basura.

—¿Y ahí estaba la maestra?

—Exacto.

—¿Lo agarraron?

—Sí. Ahora ya con las cámaras saben quién fue y lo metieron a la cárcel. Pero pues descuartizó a la mujer.

—Que gacho, eso pasa seguido en Florida. No se apure *teacher*, después de las clases yo la espero y la acompaño a su coche. Pero no creo que aquí la vayan a matar.

—Uno nunca sabe, Juan. Además, soy bien miedosa.

—Le cuento *teacher*, yo de chiquito era bien miedoso. Mi mamá me decía: "Ya no seas miedoso, no te va a pasar nada". Es que, le cuento, que cuando era chiquito me subía al cerro con mis hermanos. Allá en el pueblo de donde soy. De madrugada, andábamos ahí a las cuatro, cinco de la mañana. Teníamos que ir del otro lado del cerro para llegar a la escuela y nos íbamos asustando, jugando. Ya ve cómo son los chamacos.

—¿Cuántos años tenías?

—Yo era chiquito, seis, siete años, no más. Primero no me daba miedo nada, yo era el que andaba espantando a mis hermanos: "¡Viene la bruja, viene el diablo y córranle más rápido porque los jala!". Y le cuento *teacher*, un día vi a un señor muerto. Ahí tendido nomás, me caló gacho. Tenía un lado de la cara descarnado y los dedos de las manos como mordidos, sin uñas, ¡bien gacho! Ya los animales carroñeros lo habían dejado así. Ya ve cómo son esos animales.

—¿Qué le pasó a ese hombre? ¿Cómo murió?

—Quién sabe de qué murió. Desde ahí yo empecé a tenerle miedo a todo. Ni loco andaba solo por el cerro, es más yo ni iba ni de noche ni de día. Mi mamá tenía que acompañarme a la escuela y dábamos una vueltesotota. Mi mamá me decía: "Mira, hijo, viste a ese pobre señor muerto, pero ya no vas a ver a otro". No le miento *teacher*, cumplí los catorce y seguía teniendo miedo. Despertaba por cualquier cosa y veía sombras en la casa. Un tío me había dado una navaja para defenderme, por si las dudas.

—¿Y la usaste?

—No, *teacher*. Yo soy muy pacífico.

—¿Y luego qué paso? ¿Cuándo se te quitaron los temores? ¿Se te quitaron?

—Ay, *teacher*, no le digo, no se burle.

—No, no me burlo.

—Total, que me dije, tengo que atreverme a subir al cerro, por lo menos ahí cerquita de la casa. Y no le miento, iba cerquita pero no subía me regresaba y más porque ahí andaban esos zopilotes bien abusados dando vueltas, animales carroñeros, ya sabe. Pues andaban viendo algo, vigile y vigile. Así pasaron varios días y en una de esas que me ánimo, agarré valor y que me acerco y que veo a nuestra vaca muerta, la habían matado. Siete balazos y ya la sangre estaba, así como café, como negra, ya sabe. Por no haber ido antes, por no agarrar valor antes, ¡esa vaquita se desperdició toda! Si hubiera ido antes, la podría haber hecho cecina, pero no.

—¿Cómo que la mataron? ¿Por qué?

—Quien sabe quién la mató, esa gente que anda haciendo diabluras, ya sabe.

—No yo no sé, pero me imagino. ¿Y así se te quito el miedo?

—Pues después de eso ya no me da miedo nada. Seguí viendo cosas raras eh.

—¿Cómo qué?

—Una vez estaba con una prima, nomás sentados en la cocina, chamaquitos como de unos dieciséis años. Ya sabe, hablando puras tonterías y vimos a una persona en toalla que salía para afuera de la casa de atrás. Era el vecino, no le vimos la cara, pero era él, por qué salió de esa casa y porque era un cuerpo grande, gordo, igual podía ser hombre que mujer, pero era él. ¿Cómo para qué voy a mentir? ¿Verdad? Lo vimos rápido, iba corriéndole y en eso que tocan la puerta, ¡bien fuerte! Y era la hija de ese vecino, una chamaca como de veinte años y me dijo, así a grito pelado: "Ayúdame, Juan, mi papá se resbaló en el baño y se mató, un sangrerío, ayúdame". Y qué le cuento, *teacher*, que el papá estaba en toalla, ahí tirado en el baño y era la misma persona que mi prima y yo habíamos visto, ¡se la juro!

—¿Cómo crees? Osea que vieron al espíritu del muerto salirse de la casa ¿en toalla?

—Ay, *teacher* no se burle.

—No, si no me burlo ¿Habrá sido el alma cuando dejó al cuerpo? ¿Crees que fue eso?

—Puede ser, ¿no? Pues le cuento que una señora me explicó que cuando alguien se muere, pasa por tres etapas: una es la muerte, otra es la de ni aquí ni allá; ella le dice el limbo. Esa señora lee la biblia y sabe de esas cosas.

—¿Y la tercera?

—Y la tercera es la entrada a la luz o a la oscuridad, eso ya depende de cada uno, ¿verdad? También me dijo que los aparecidos son espíritus que andan perdidos y hay que rezarles, aunque uno no sea creyente, yo sí soy creyente, pero, aunque no sea, una rezada les ayuda a encontrar su camino. Quién sabe cuántos estarán penando y aquí andan. Otra cosa que me pasó, ¿ha escuchado que se sube el muerto?

—Sí, claro.

—Ya me pasó, es la sensación de una presencia es la pesadumbre en el pecho. De veras sentí pesado pesado en el pecho, en todo el cuerpo. No me pude mover, ni respiraba casi, ¡gacho, gacho! Ni sé cuánto tiempo estuve así inmovilizado. Ni sé qué muerto habrá sido

—A lo mejor tu vecino el de la toalla.

—Ya ve, *teacher*, no se burle.

—Juan, eso pasa cuando tienes altos niveles de estrés y cansancio.

—Eso me dijo un muchacho del trabajo, pero yo no estaba estresado. Pero eso dicen ¿no? Quién sabe, de todos modos, le eché una rezada, la que todos sabemos, el padrenuestro y san se acabó, no volví a sentir esa pesadumbre.

—¿Y qué es lo peor que has visto?

—Pues yo creo que, al muerto en el cerro, porque yo era chiquito. Uy, si le contara lo que vi cuando crucé la frontera. Nadie más que los que estábamos ahí lo vimos. Pero mejor se lo cuento el jueves, porque ya son las diez y usted vive re-lejos.

Atroz

"La primera vez pensé, se ha equivocado…
La segunda vez, no supe que decir….
Las demás, me dabas miedo…tanto loco que anda suelto"
Miguel Ríos

¿Qué decís? Que te cuente todo desde el principio, ¿otra vez? ¿Por qué,
Mitchell? ¡Pues porque era una diosa! La mujer tenía una sonrisa
que se distingue entre un millón, era una de esas personas que no
hacen más que hacerse ver. La primera vez que la vi bien cerquita,
fue el día de la presentación de su último libro, *Atroz*. Aunque ya
la había visto cienes de veces, nunca estuve tan próximo a ella.
Su rostro, su cuerpo, sus olores siempre estaban detrás de una
pantalla, bien incrustados en mis pensamientos, pero detrás de
una pantalla o plasmada en fotografías. Yo la leí mucho, la leí más
que nadie lo ha leído, incluso a Elena le gustaba que se la leyera en
voz alta. A Mitchell Lara la descubrí en Corrientes, en una de esas
librerías que están abiertas hasta muy tarde; leí el primer libro que
escribió, se llama *Halo*, y desde ese momento no ha pasado ni un

solo día sin que piense en ella. A veces es nada más un instante. Una situación reloca ese deseo perpetuo por Mitchell.

¿Qué escribía Mitchell? ¿No sabés? Sos periodista y no sabés. Ella escribió diez novelas y dos antologías de relatos. Ya te cuento que *Halo* es un thriller con todo, alcohol, violencia psicológica, una protagonista atípica, un amor reprimido. Un thriller brutal, brutal. Lo suyo era el thriller y las novelas policiacas.

Toda esta situación es eso: un thriller.

Fue fácil encontrarla. Indagué un poco en el internet y, ¡me enteré de todo! Desde la edad de su madre, el nombre de su gato y hasta la dirección de su casa, un peligro el internet, eh. Mitchell Lara vivía en Santa María la Ribera, esa es otra de las coincidencias que nos acercó para siempre. Entre nosotros había inevitables conexiones mucho más allá de lo visible.

¿Que si creo que era el destino y no las coincidencias? Yo qué sé. Escuchame o pierdo el hilo, esto es crucial. Enterate que los acontecimientos de una de mis novelas favoritas, *La casa de las mil vírgenes*, de Arturo Azuela, ¿la ubicás? Pues se desarrollan en la zona de Santa María la Ribera, ¡que coincidencia! ¿Viste? El barrio es como un pueblo mágico dentro de la gran urbe. No fue difícil mudarme, ¡a mí no se me cierra el mundo jamás! Enterate, yo vivía en la Boca, y Santa María la Ribera me la recordaba un montón; me sentía cerca de mi madre, cerca de Elena, porque, a pesar de todo, quise mucho a Elena. Encontré una casa de huéspedes, se llama Guadalupe del Alma, está en un callejón empedrado. Yo conocía México solamente por televisión y por las películas, leía mucho a los escritores mexicanos. Mi favorita

siempre había sido Amparo Dávila, hasta que leí a Mitchell y no volví a leer a Amparo jamás. *¿Por qué?* Y yo qué sé… No quería traicionarla, supongo. Cambiemos el tema, me incomoda hablar de Amparo, ya sabés.

¿Qué decís? ¿Que si pensé en mudarme a otro lado? Y por qué habría de mudarme. Apenas estuve aquí un añito, ¿viste? Me ha gustado mucho esta ciudad. Es un caos, es un monstruo. Yo me había transformado en uno del montón, y en la Ciudad de México, con tanta gente, yo era invisible y pasé desapercibido, hasta que no.

¿Qué si Mitchell me había hablado en algún momento? Pero mujer, ya te había dicho que no. Yo era un simple espectador en el universo de Mitchell Lara. Creí que no me conocía. Eso pensé, hasta que leí Atroz. La vida te da sorpresas y todo se va conectando, ¿viste?

¿Qué decís? ¿Que si pensé dejar de seguirla? Y por qué habría de querer dejarla. ¿Qué palabra no entendés? Es cierto que miles de veces me vi en el espejo y me sentía un nabo, un imbécil, pero enterate, ¡teníamos tanto, tanto en común! Hasta nacimos en el mismo día, 5 de mayo de 1970, tauro los dos. Éramos mellizos, ¿viste? La admiraba mucho, la quería para mí. Aunque, ahora que lo pienso, más que tenerla conmigo, quería ser ella. Ni en mi más remota pesadilla soñé que tendría que huir de mi país y mudarme al suyo. Nunca pensé que me obsesionaría por Mitchell hasta perder el juicio, hasta enloquecer; de haberlo sabido, me voy a otro lado.

¿Que si me arrepiento? Sí, por supuesto.

La seguía con la mirada, todas las mañanas y todas las

noches. Mitchell llevaba mi aliento en la nunca, seguido de sus pasos iban los míos. Antes de que ella dijera una palabra, yo sabía lo que iba a decir, eran pavadas, estupideces del diario. Mitchell era un animal de hábitos, por eso siempre fue fácil no quitarle el ojo de encima; voy a sonar sarcástico, pero es que ella era acosable. Mitchell tenía la costumbre de salir a correr antes del amanecer, cincuenta minutos, ni uno más ni uno menos. Yo no podía seguirle el paso, nunca he tenido buena condición física, soy holgazán. Por eso a veces la esperaba en Cafetos, un restaurante cerca del Quiosco Morisco, ¿ubicas? Otras veces la esperaba adentro de su casa, ahí mismo.

¿Cómo entraba a su casa? Nunca tuve problemas para entrar, a mí no se me cierra el mundo; además, ella dejaba la puerta de atrás abierta, tengo suerte, ¿viste?

Como ya sabés, ella vivía con su gato, ¿te lo había dicho? Al principio, el animalito era arisco y poco a poco se acercó a mí y ya después me seguía por todos lados, como un perrito faldero, no me causó problema alguno. Ahora que, si hubiera sido un dóberman, pues la historia probablemente sería diferente. Tengo suerte, ¿viste?

¿Qué si me metí en su cama? Me metí mucho, imaginar su cuerpo tibio junto al mío era distorsionar el sentido del tiempo, era lindo.

¿Llevarme su ropa interior? Jamás. Escuchame, que no soy un inmoral ni un enfermo. Mis intenciones eran otras, ¡pero es que no te enterás todavía! Sí, me llevé algunas cosas, como sus segundos ojos para leer, ella los tenía encima de una torre de libros en la mesita junto a la cama. Otra coincidencia es que ella leía libros de

horror antes de dormir, igual que yo, ¿viste? Los dos éramos como demonios, ¿quién se pone a leer horror antes de dormir? Enterate, leíamos a Poe, Lovecraft, Quiroga, Anne Rice.

¿Cómo sabía yo que ella los leía de noche? ¡Pero si ya sabés! Lo sé porque estaban en su habitación y yo estuve ahí muchas veces. No solamente cuando Mitchell se ausentaba, también cuando ella estaba en casa y también cuando se metía a la cama. Pura adrenalina, ¿viste?, respiramos el mismo aire. También la espié cuando se bañaba, ¡esa era una dosis alta en las venas! Yo siempre estuve ahí, quizás le faltó echar un vistazo para advertirlo.

En su casa había libros en todos lados: en la cocina, el comedor, la sala de estar. La mujer tenía más de dos mil ejemplares. Yo nunca tuve tantos, ya sabés que teníamos mucho en común, pero no todo; enterate que Mitchell Lara era un caos completo; yo, en cambio, tengo una afección mental por las reglas y el orden. La línea de la manía y la obsesión es más fina de lo que se cree, y yo soy reloco. Ya te cuento que los separadores de mis libros deben tener el mismo color de la portada del libro que este leyendo. Ella, en cambio, separaba las páginas con separadores de cualquier color y con postales y hasta servilletas. Un caos completo, ¿viste? No creo que Mitchell supo que jugué al intercambio de libros con ella, quizás no se acordaba de cuáles eran suyos y cuales le planté yo. Me llevé varios, *Los Atacantes*, de Chimal, ese me lo leí de una sentada; el de *Cuento de Hadas* me lo llevé también, aunque no me he atrevido a leerlo porque me es dificilísimo entender a Stephen King.

¿Qué decís? ¿Regresárselos? ¿Que si pensaba regresárselos? Y claro que no, ¡era un juego de intercambio! ¿Qué palabra no entendés?

Yo le dejé *Treinta años*, ¿la ubicás? Esa novela impecable de Carmen Boullosa y *Cadáver Exquisito*, de Agustina Bazterrica, escribe divinamente, con una crueldad brillante; y le dejé *Aleister*, de Mario Cruz, la doble moral de *Aleister* siempre me recuerda a mí mismo, ¿viste?

Hay algo que no te he mencionado. En varias entrevistas, Mitchell dijo que Amparo Dávila era su escritora favorita. De ahí que comencé a darme cuenta de la cantidad de similitudes que había entre Mitchell y yo. ¡Amparo también era mi favorita! Me fui obsesionando, ¿viste? Supuestamente ella coleccionaba sus libros, pero en casa de Mitchell, ¡no había ni un solo libro de Amparo! El tema de Amparo Dávila me pareció algo muy torcido por parte de Mitchell.

¿Qué si los habrá tenido escondidos? Es probable, yo que sé. Los busqué mucho. No sé cuál es el tema ahí. Por ese motivo es lógico que *Atroz* no sea acerca de Amparo Dávila, ¡sino acerca de mí! Aunque digan lo contrario. ¡Amparo le importaba un pepino! Ya sabés que hablar de Amparo me pone mal, ¿viste? ¿Podemos cambiar el tema?

¿Que si no pensaba trabajar en México? La verdad es que no. Yo laburé mucho tiempo, enterate que tengo más de cincuenta años. Tenía mis ahorros y los ahorros de Elena y la plata que mi vieja me dio. ¡Qué juiciosa, mi madre! Todo era suficiente para no trabajar un buen tiempo y así no exponerme. Me enfoqué en Mitchell, ya sabés. Era un tema absorbente, complicado.

¿Las valijas? ¿Que si me revisaron las valijas? Yo que sé, nadie me revisó las valijas, en este momento no me acuerdo de detalles. *¿En dónde escondí la plata? ¿Querés saber eso?* Pero y qué importancia

tiene eso ahora. Hay cosas que se me pierden en la mente, recuerdos mudos, ¡date cuenta de que en mi mente hay una locura, una lluvia radioactiva! Se me va el hilo, ¿sigo con el tema de Mitchell? Ella sonreía mucho y la mayoría de esas sonrisas eran falsas, ella las repartía a diestra y siniestra, ¿viste? Ahí tampoco nos parecíamos. Yo con eso no puedo, no sé disimular. Pero en otras cosas éramos idénticos, enterate que a ella también le gustaban los hombres y las mujeres. *¿Bisexual?* No me gusta etiquetar, pero sí, claro que bisexual. No teníamos preferencia ni por unos ni por otras, los dos muy iguales, ¿viste? Aunque mi corazón se sangraba cuando Mitchell salía a compartir con un hombre. El simple hecho de verla caminar de su mano, perderse en la oscuridad, besándose… ¡Yo no lo soportaba! En cambio, verla con mujeres me complacía mucho. Cuando las amantes se comían a besos, era otro mundo, ya sabés. ¡Qué feliz me hacía! No obstante, todo cambio cuando fui a la presentación de *Atroz*.

¿Qué decís? ¿Que no te he contado de la presentación? Pero es lo más importante de la historia. Yo ya había estado detrás de ella por varios meses, la conocía toda. Pero nunca estuve cerca de ella, no me había reflejado en sus pupilas, ¿entendés? La primera vez que la vi bien cerquita, fue en esa presentación. Tenía que hacerme visible, yo qué sé. Me había inventado un montón de preguntas, ya sabés como son esas presentaciones. Llegué temprano al evento, ya había gente, seríamos unos veinticinco. Yo me senté justo frente a la mesa en donde ella estaba. El olor de su cuerpo había impregnado el lugar. Un olor a madera caramelizada, salpicada con pachuli, ¡un aroma alucinante! Cualquiera pensaría que era el olor natural de su piel, yo era el único que sabía que era la

fragancia de un perfume caro que tenía en su *chifonier*. Mitchell Lara era una Diosa de melena negra, su melena era tan iridiscente como las alas de los cuervos, era dueña de una nariz bien altiva y larga, una nariz tan orgullosa que podría tener vida propia, como la de Gogol. En su antebrazo derecho había un tatuaje con pequeños remates en los extremos: Morir, estar muerto, debe ser glorioso. Ella estaba sentada hablando con Olga, la mujer que siempre fue su representante; Olga es muy bajita, con ojos avellana y piel oscura, una representante oriunda de Veracruz. Ella comenzó a hablar:

"La nueva novela de Mitchell Lara es complicada. Rebasa lo siniestro de las novelas anteriores; en *Atroz*, el tono es acusador. No se puede explicar con razonamientos. Cuando la lean, van a entender lo que digo. Este es un libro de sobresaltos y terrores. Le paso la batuta a Mitchell".

"Los libros son pequeños contenedores de vida. Mis lectores completan las historias que escribo, dialogan con ellas como si dialogaran conmigo y exploramos juntos la incertidumbre. La incertidumbre de afuera o la que nos consume por dentro. Una historia cobra vida desde el momento en que se empieza a leer. Seguiré escribiendo mucho y leyendo mucho, los sueños y las pesadillas son inagotables, gocen *Atroz*".

Fui el primero en comparar el libro. Dentro venía un separador del mismo color que la portada: negro. Me acerqué para que me lo dedicara, nos hiciéramos la fotografía y, antes de que yo dijera palabra, ella me preguntó algo que no entendí porque me habló en otro idioma, yo le respondí y no sé qué le respondí, porque no sé ese idioma. Es probable que no fuera un idioma ajeno, quizás

RELATOS ARCANOS | Tanya Victoria

fue la dopamina la que me confundió, la dopamina siempre me ha traicionado, ¿viste? Al final no tuve ni fotografía ni dedicatoria ni nada.

Comencé a leer la novela ahí mismo y fue aterrador. Mi obsesión por Mitchell me estaba llevando al límite de la locura. ¡La mujer también estaba obsesionada conmigo! *Atroz* lo constata, *Atroz* me abrió la herida, Mitchell me desgarró.

Sí, claro, lee. Enterate.

"Ariel huyó de su país, no tenía otra salida. Era cuestión de tiempo que las autoridades supieran que había sido él. Ese crimen lo persiguió a todos lados. Aunque se convirtió en otra persona, las atrocidades que cometió siempre habitarían en el lado oscuro de su corazón y por debajo del umbral de su conciencia. Llegó a la Ciudad de México a iniciar una nueva vida; dejó las llanuras vastas y costeras de su país, abandonó el aire puro y el invierno húmedo para fusionarse en un núcleo urbano y complejo. Por las venas de la Ciudad de México fluye sangre precolombina y revolucionaria, por las venas de su terruño corre sangre alemana y mapuche. Sangres distintas. Ariel tiene el pelo ralito, antes estaba a rapé, él consideraba que era mejor quedarse completamente pelón a tener poco pelo. Para equilibrar, tenía la barba de candado, del estilo barbilla con bigote. La de él era de un rojizo anaranjado. Ariel cambió de identidad y empezó por ahí, se dejó crecer el poco pelo que tenía, se quitó la barba y las arracadas de las orejas. Su nuevo *look* lo hacía verse mucho mayor de lo era. Desde niño llevó lentes de contacto; en su cambio de identidad, los cambió por lentes, unos de armazón gris. Este recién nacido tenía que estar preparado para hacerle frente a una nueva vida. Ariel se murió en el Cono Sur y en México nació Oscar. Los anillos de plata y su colección de pukas se quedaron atrás. Retomó la costumbre de fumar, bajó de peso, empezó a usar corbatas lisas y sacos oscuros. Se despidió para siempre de las camisas de cuadros azules y de los pantalones vaqueros. Aunque Ariel, ya en ese momento Oscar, no pudo perder su acento napolitano, la gente no distinguía de dónde venía; se le notaba una fonética extranjera, pero no era claro de dónde. Tampoco le prestaban atención, Oscar era uno del montón. Dejó de ser un fanfarrón y aprendió a apretarse los dientes antes de hablar, se hizo invisible. En su país trabajaba como chef en un restaurante de carnes. En México, dejó de preparar churrascos y empezó a cenar sopas de lata."

¿Sopitas de lata? ¿Pero quién se creía esta mujer? ¿De dónde había obtenido esa información? ¡Yo no como sopas de lata, son miserables! Me leí las primeras cien páginas de *Atroz*, eran cuchillas y me estaban delatando, ¡hablaba de mí! ¿Viste?

¿Qué decís? ¿Que te deje seguir? Y dale...

"Ariel siempre fue mal intencionado, un *bully* que se rodeaba de amistades peligrosas, el hombre era testosterona pura. Tenía diez años casado con Elena, una rubiecita de ojos pardos, muy delgada, tirando a flaca y mucho más joven que él. A Elena la engañaba con cualquiera. Aunque en varias ocasiones ella le había pedido el divorcio, nunca le daría su libertad. Si bien él la amaba con un amor malo, la amaba. Al mismo tiempo, sería un mal negocio: ella era la inversionista del restaurante en donde él era chef.

¿Que si Elena era la de la plata? ¿Estás tratando de decir que yo era un mantenido? ¿Viste?, ¡que humillante! Adelantá las páginas, si me haces el favor.

"Ariel se sumergió en la Red Oscura para conseguir lo necesario y cambiar de identidad. Navegar y negociar con cibercriminales resultó más sencillo de lo que imaginaba. Esto era una compraventa de documentos ilícitos, a comparación del crimen que él había cometido, esa transacción fue un juego de niños. La única persona que lo ayudó fue su madre. El amor indiscutible de su madre creo en Ariel sentimientos triunfantes, a ese hombre jamás se le cerraría el mundo. Cuando toda la ciudad se enteró de que Ariel había destazado a su mujer, él ya estaba en México; a Elena la encontraron sumergida en el congelador de piso y a la madre de Ariel se la llevaron presa."

Pará, pará ahí... A partir de esa página, yo ya no pude seguir leyendo el libro. Imaginate, ¡mi madre presa! La cara de Mitchell seguía en mi mente, ahora era ella quien me estaba persiguiendo, ¡siempre me persiguió! Fui a buscarla.

¿Que si no intente llamar a mi madre? No, no intenté llamarla. No en ese momento. Me fui a buscar a mi castigadora, ¿viste? No me cabía nada más en la mente, era como tener una cerca de púas en el cerebro. Y como de costumbre, entré por su jardín. Mis huesos son flexibles, soy una rata y me escurrí por cualquier agujero de la muralla, esa muralla de piedra que no servía de nada. Con una visión láser, la vi en la cocina tomando agua; lo sabía porque prendió el foco ámbar que está arriba del fregadero, después se fue a ver la televisión. Esa manía de tener las cortinas abiertas, ¡bendita manía! Ahí se había quedado dormida. Lo sé porque no encendió la luz de su habitación ni la del baño. Fue cuando entré a su casa, mis ojos estaban aguados de lágrimas. Enterate que no era tristeza, sino desesperación, era locura lo

que me estaba partiendo en dos. Quería enfrentármele, mas no podía ni acercarme a ella, que estaba plácidamente dormida en el sillón de la sala. La mujer controlaba mis movimientos, era como si estuviera pegado al piso, ¿viste? Ahí estuve toda la noche, imaginando hundir la fuerza de mis manos en su cuello. Fantaseé sus ojos reventados y la sangre hirviéndole, hinchándola. Me inventé esa sangre caliente manchándome la piel y los latidos de su corazón acelerarse en mi pecho. Fue su gato quien me sacó del transe, estaba restregándose en mis piernas, ronroneando como hacen los felinos. Despegué mis pies de la alfombra y me regresé a casa a seguir leyendo; era inevitable, me lo leí de corrido.

"Elena había dejo de amar a Ariel. Lo dejó de amar por sus verdades y no por sus engaños. Elena conoció a otro. Ariel lo sospechaba, y sin embargo, su orgullo lo tuvo cegado. ¿Qué será más humillante, aceptar que lo estaba engañando o hacerse el que no sabía nada? Una noche, después de cerrar el restaurante, él, como siempre, estaba en la cocina terminando de limpiar y organizar sus utensilios, fue cuando Elena entró a pedirle el divorcio por enésima vez, en esta ocasión agregó que amaba a otro hombre. Sin chistar, Ariel le hundió el cuchillo filetero. Se lo hundió hasta el fondo, con fuerza atormentada y precisión de chef. En la primera estocada, la hoja larga y delgada, le pinchó el hígado. Un sangrerío apasionante, una carnicería completa. Elena seguía con vida, muriendo lento, gimoteando de dolor. La segunda estocada fue en el corazón. La picó una, dos, tres veces más, causándole a Elena un shock seguido de la muerte. Acto seguido, llamó a su madre".

Pará, pará… De ahí me pasé a otras páginas, después regresé a leerlas. Yo ya sabía lo que sucedería y no quise revivirlo, pero lo reviví y aun así no pude odiarla. Odié a Elena, no pude odiar a Mitchell. El final me aplastó como se aplasta al rocío de la mañana. Era una mujer despiadada, ¿viste? Léete la última página,

"A los pocos meses de la huida, la madre de Ariel murió en la cárcel. Él no se enteraría, pero se está enterando ahora, en este preciso momento."

¡Mi madre muerta! Yo enterándome en la última página de un libro, ¿qué es esto? Y me fui a casa de Mitchell, ya dispuesto a todo, ¿viste? Parecía que ella buscaba un libro, estaba de espaldas a la puerta. El gato se acercó a mí y tuve la delicadeza de sacarlo de la biblioteca, no quise causarle ningún sobresalto, pobre animalito. Fue hasta cuando cerré la puerta que ella volteó. Yo temblaba, pues yo ya sabía a lo que iba. Mitchell se aterró, me lanzó algo que tenía en las manos y gritaba, angustiada. ¡Me gustó que gritara! ¡Me hacía feliz escucharla gritar! Me preguntó quién era yo, se atrevió a decirme que la estaba confundiendo con otra, que nunca me había visto antes. Eso me mató y le grite furioso: ¡Escribiste un libro sobre mí! ¿Quién te creés? Todavía te atrevés a decirme que no me conocés. Le di dos bofetadas que la tumbaron, le cogí las manos y le hundí mi rodilla en el torso, le callé la boca con mis besos, ¡qué besos! Le mordí los labios y su sangre empapó mi rostro. Una sola mano me bastó para abarcarle el cuello, una sola mano para arrancarle la vida.

A partir de ese momento, todo es una bruma. Si bien mis manos están lavadas, la sangre roja y resplandeciente de Mitchell sigue ahí. Enterate de que, aunque los restos de Elena están descompuestos, también estarán manchándome la piel. Las dos estarán conmigo. Como tatuajes, ¿viste?

¿Qué décis? ¿Extradición, institución mental? ¿Que te cuente más? Te he contado todo, no hay nada más. No entiendo por qué insistís en que el último libro de Mitchell no se trata de mí, que es una noveleta dedicada a Amparo Dávila, ¡a Mitchell no le interesaba Amparo Dávila!

¿Qué decís? Que te cuente todo desde el principio, ¿otra vez? ¿Pero qué estamos haciendo acá?

SOTA DE ESPADAS

Para cenar

"Corre tan lejos que no tengas miedo de volver"
Eva Ensler

El cancel de la ducha tenía que explotar, el vidrio templado era de muy mala calidad. Estalló mientras la señora Nazaria, madre de Soledad, se estaba bañando. Los pedazos de vidrio se incrustaron en el cuerpo desnudo de la mujer, cuando apoyó el pie derecho en el piso, un añico de cristal le traspasó la piel y , el dolor provocó que se desvaneciera golpeándose la cabeza en el lavabo. La señora Nazaria cayó de pura cara encajándose los vidrios en los ojos, la sangre salió a borbotones. Un cristalito atravesó el lagrimal y otro, más grueso, la fosa nasal. La mujer tenía manía de hurgarse la nariz y dejársela sin un solo moco, ni de los que se hacen costra, ni de los babostitos que se escurren y saben a sal; los conductos nasales no tenían estorbos. Es probable que por ese motivo varios cristalitos salieron impiadosos por los orificios de la nariz. La señora Nazaria se murió dejando un inmenso charco de sangre en el piso. Cuando el doctor que expidió el certificado de defunción le preguntó a Soledad qué había pasado, ella dijo *La idea de cambiar el cancel por uno de vidrio templado fue de mi madre, también quiso ese lavabo suspendido, con esquinas puntiagudas. Así que, de cierto modo, mi madre se lo buscó. Era una persona muy caprichosa.*

La relación madre e hija siempre fue malsana. El padre de Soledad las había abandonado cuando ella era muy chiquita; sin explicación alguna. No se hablaba de él ni de otros parientes, eran ellas dos solas. La señora Nazaria educó a Soledad bajo el yugo de la misandria, tenía una aversión y odio absoluto a los hombres. Aunque Soledad era muy eficiente como contadora bancaria, no tenía vida social. Se limitaba a ir de la casa al trabajo y del trabajo a la casa, como relojito. Las dos mujeres vivían una vida rutinaria, obraban automáticamente y casi sin razonamiento. La señora Nazaria hacia los quehaceres del hogar todos los días, la limpieza era su prioridad. Se aseguraba de que los ángulos de los gabinetes, de las puertas y los marcos de los cuadros, no hubieran acumulado polvo. No abría puertas ni ventanas para que la suciedad no entrara a su casa. A diario sacaba todo lo que guardaban en los armarios, toallas, ropa, sábanas, colchas; para asegurase que no hubiera ni una sola partícula de mugre. Limpiaba las paredes con un paño húmedo que después desinfectaba con cloro, también lavaba las esponjas, los trapos y la escoba.

Después se sentaba horas a tejer y, religiosamente, veía la novela de las nueve de la noche. El pasatiempo de Soledad era más sencillo, navegar en internet y aprender técnicas de masturbación.

Después del fatal accidente, en el que la señora Nazaria perdió la vida, Soledad no podía concentrarse ni en el trabajo ni cuando se masturbaba. Cuando pretendía pasarse los dedos por debajo del ombligo, escuchaba la voz castigadora de su madre saliendo por las grietas de las paredes *Soledad, deja de tocarte la verruga de Satanás, ¡cochina!* El rostro alucinante de la difunta siempre se reflejaba en los espejos; dejaba un intenso aroma a flor de tumba que ocupaba los rincones de toda la casa. En los momentos previos a dormir, la pobre Soledad sentía un peso que le oprimía el pecho. El único familiar que conoció se hizo pedazos en el baño, su recuerdo la estaba volviendo loca. Imprevistamente, Soledad decidió vender la casa para mudarse a un pueblo con mar. Eso mismo hizo la protagonista de la telenovela de las nueve de la noche, la telenovela que su madre dejo inconclusa. Ahí empezó una vida nueva.

En esta etapa Soledad se propuso dos objetivos: perder la virginidad y olvidarse de la señora Nazaria. Lo primero no sería nada fácil, Soledad no se atrevía a ver a los hombres a la cara, por eso prefirió bajar la aplicación de *Tinder*. Era mejor deslizar la pantalla hacia la izquierda si el tipo en cuestión no le interesaba y deslizarla hacia la derecha si alguien le llamaba la atención. Ahí conoció al que sería el único amor de su vida, un hombre con el seudónimo de Tritón, hermoso. El color de su pelo era de un negro tan radiante que parecía azul, los mechones largos y rizados le caían sobre la cara. Tenía un rostro divino, pómulos altos y nariz grande, una de esas narices que proyectan carácter. Los ojos de Tritón eran color esmeralda, sus pupilas diminutas hacían que su alma se sintiera lejana, sus dientes lucían punzantes, blancos y brillantes. Las imágenes en sus fotografías y videollamadas derrochaban testosterona. El recuerdo de la señora Nazaria desapareció ipso facto. Soledad y Tritón estuvieron jugando al amor a través de la pantalla de sus computadoras. Ella acomodaba su cuerpo desnudo frente al monitor, él dirigía sus movimientos como si fuesen una pieza musical. Siempre manteniendo el tempo y el ritmo, con movimientos únicos e irrepetibles. Él, se inventaba maniobras locas para sorprenderla con una poderosa fuente de excitación sexual. Así estuvieron jugando al amor virtual hasta que decidieron conocerse en persona.

Desde que Tritón encontró la forma de atrapar víctimas siempre planeaba el encuentro en El Conde, un hotelito apartado con paredes descarapeladas y playa privada; quedaron de conocerse ahí. Cuando Soledad llegó al hotel, Tritón ya la estaba esperando en la playa. Se revolcaron por más de una hora en la arena caliente; eran dos irracionales, un solo cuerpo convulsionándose. Soledad ya no tenía control de su cuerpo, ni capacidad de razonamiento. Ya estaban dentro del mar cuando se dio cuenta de que las piernas de Tritón se habían llenado de escamas verdes, convirtiéndolas, ¡en una inmensa cola de pez! Soledad, atónita, se percató de que a su alrededor había otros seres acercándose a Tritón y a ella. Atlantes con dientes afilados en ambas mandíbulas, cara plana, fosas nasales oscuras y tentáculos saliendo del orificio de los oídos. Tritón abrazo a Soledad y le dijo: *eres la presa que esta noche vamos a cenar.*

Crónica de un culto:

Las Adoradoras de Las Poquianchis

"Nosotros creamos a nuestros demonios"
Iron Man

(Texto Apéndice del cuento "Los Arcanos")
(Perito Montenegro: las manos le tiemblan y el sudor le escurre por las sienes.) Mire, comandante, todo esto es aterrador. Estos crímenes no se organizaron ni se planearon. Por el momento, no me atrevo a asegurarles que la matanza la ejecutó un ser humano. Primeramente, tengo que constatar las pruebas. Determinar el perfil psicológico del asesino o los asesinos o las bestias, merece más tiempo de averiguación. No compartan información, esto es un *buffet* para la prensa.

(Comandante Domínguez: mira al perito preguntándole.) Montenegro, ¿hay algo que me tenga que mostrar? ¿Qué pruebas? (Perito Montenegro niega con la cabeza y se va.)

(Comandante Domínguez se lleva una mano a la cintura, con la otra comienza a señalar las calles y en voz alta le dice a sus elementos.) Muchachos, el espacio físico no puede estar contaminado, así que se van a acordonar y cerrar las calles. A partir de ahorita, no se permite transitar en Villa Miseria. Asegúrense de que la gente no salga de sus casas, especialmente niños y adultos mayores. Permanezcan en estado de alerta, en cualquier momento puede ocurrir otro delito, mejor dicho, ¡otra masacre! Observen y registren todo lo encuentren, llévense a cualquiera que esté en la calle, ya sea en calidad de testigo o como presunto autor de esta sangría. Evidentemente esta gente estaba metida en problemas, y lo más seguro es que este desmadre lo haya planeado algún grupo organizado. Ya escucharon al señor Montenegro, no compartan esta información. La prensa es especialista en entorpecer las investigaciones. (Tronando los dedos.) ¡Muévanse! Apenas es medio día y esta noche será larga.

(Comandante Domínguez: saca una cajetilla de cigarros y la golpea contra su pierna para compactar el tabaco, saca un cigarro y lo prende con cerillo.) Castilla, ¿de cuántos cuerpos estamos hablando?

(Policía Castilla: asustado, tartamudeando.) De nueve, mi comandante. Se encontraron en la azotea del burdel dos partes superiores de mujeres, el pecho y las yugulares destrozadas, mordidas. Impresionante, mi comandante.

(Comandante Domínguez: asombrado, frunciendo el ceño.) Si están destrozadas deben ser impresionantes, Castilla. No sea sonso, no se repita. Observaré con detenimiento todo el lugar, cuando termine este perímetro, me voy para el otro. y como ustedes andan papaloteando, tengo que echar un ojo a los cuerpos y… oiga, ¿dijo burdel, Castilla? ¿Cuál burdel?

(Policía Jizar, sereno y leyendo de una libretita pequeña.) Tres vecinas fueron cuestionadas, las tres coinciden en que estas once mujeres eran parte de un culto y manejaban un burdel, aquí en Villa Miseria, domicilio calle 2 con número 125.

(Comandante Domínguez: tira el cigarrillo, lo aplasta con el zapato y se quita la gorra de beisbolista.) A ver, a ver, barájemela más despacio. ¿Nueve cuerpos o son once cuerpos? ¿Quién chingaos está contando?

(Policía Jizar: sereno, leyendo de la libretita pequeña.) Nueve cadáveres en esta área y faltan dos sin encontrar.

(Comandante Domínguez: se pone la gorra de beisbolista.) Escúpale, ¿qué burdel? ¿Cuál culto? ¿Qué tanto dice la libreta?

(Policía Jizar: sereno, se quita el bolígrafo que tiene colocado encima del hélix de la oreja, escribe en la libretita.) Escribo los datos importantes, mi comandante. Fecha: 5 de junio de 1976, hora: 6 de la mañana. Dirección: Vi…

(Comandante Domínguez: se saca la gorra de beisbolista, frunce el ceño y niega con la cabeza.) Ya párele ahí, Jizar, y escupa lo más importante. Esos datos ya los sabemos.

(Policía Jizar: se coloca el bolígrafo en el hélix de la oreja y sigue leyendo de la libretita.) Prosigo, mi comandante. Aquí, en Villa Miseria, once mujeres habitaban la casa de numero 125 y en ese mismo domicilio tenían un burdel en donde explotaban a menores de edad. Son, bueno, eran, dueñas de tres tamalerías en la ciudad y dos tintorerías. Se hacían llamar "Las adoradoras de las Poquianchis", organizaron un culto para adorar a las hermanas Valenzuela. que en los sesenta…

(Comandante Domínguez: molesto, poniéndose las manos en la cintura, levanta la voz.) Ya párele ahí, Jizar. No me quiera contar la historia de esas pinches viejas locas, que me la sé de memoria. Vamos a enfocarnos en estas otras locas de ahorita del presente. Escríbale ahí que estas mujeres querían ser como las Poquianchis y estaban haciendo lo mismo, supongo yo.

(Policía Jizar: voltea a ver al comandante y, sarcástico, dice.) Son suposiciones, mi comandante. No lo puedo escribir.

(Comandante Domínguez: viendo a Jizar con frustración.) ¡Pues a seguir informándonos, para que no sean suposiciones, Jizar! No sea que este mentado culto también haya hecho tamales con los abortos, como las Poquianchis originales. Ustedes aquí pendejeando. (Voltea a ver a Castilla.) ¿Encontraron a los menores?

(Policía Castilla: dice orgulloso, esbozando una sonrisa.) Sí, mi comandante, se los llevaron como presuntos autores del crimen y...

(Comandante Domínguez: furioso, junta las palmas de las manos y las pone en su pecho.) Son una punta de imbéciles. Castilla, avisa que protejan a esa gente, ¡los menores son víctimas! No los dejen libres, pide que los lleven con la doctora Cabrera. Son testigos importantísimos. Necesito que alguien vaya a las tamalerías y a las tintorerías también. Las cierran y arrestan a los trabajadores.

(Policía Castilla: se rasca la cabeza y pregunta asustado.) ¿Como presuntos autores del crimen o como testigos?

(Comandante Domínguez: acercándose a Castilla.) ¿Cuánto tiene trabajando conmigo, Castilla?

(Policía Castilla: orgulloso sacando el pecho y poniéndose la mano en la sien, como saludo militar.) Cinco años, mi comandante.

(Comandante Domínguez: mirándolo de arriba abajo.) Pues ya era para que dejaras de ser tan pendejo, Castilla. Ya sabe que depende de la cara de los arrestados; los que se vean más fachudos y con aspecto de felones, a esos los entambas.

(Policía Castilla: confundido, rascándose la cabeza.) ¿Y a los que estén mejor vestidos?

(Comandante Domínguez: frustrado.) También los encierras, Para que no te hagas bolas. Órale, ¡métele pata! (Voltea a ver al policía Jizar.) Tú, sigue poniéndome al tanto de lo que encuentran. (Policía Castilla: se aleja corriendo torpemente.)

(Policía Jizar: sereno, leyendo de la libretita.) Sí, mi comandante. Encontramos dieciocho piernas, doce brazos. Los cuerpos semiarmados son nueve. Según los conocimientos del médico forense Pérez y los comentarios de algunos vecinos, faltan dos cuerpos de mujeres; aquí nada más se encontraron cuatro zapatos con el respectivo pie de las susodichas. La detective Moreno autorizo el traslado de estos a...

(Comandante Domínguez: molesto, frunciendo el ceño.) La detective Moreno autorizó... ¿y con qué derecho autorizó, sin consultarme? ¿En dónde está esa señora?

(Policía Jizar: sereno, mira al comandante.) Permítame terminar, viene lo peor. Estamos bajo una presión absoluta.

(Comandante Domínguez: saca una cajetilla de cigarros y prende uno con cerillo, sarcástico, le dice al policía Jizar.) No me diga, Jizar, ¡obviamente estamos bajo presión! Escúpalo, qué pasa...

(Policía Jizar: traga saliva y, leyendo de la libretita, dice.) Se presume que los cuerpos encontrados fueron arrastrados desde la calle 2, en donde estamos parados en este preciso momento, hasta la calle 36, en donde ya está el grupo de investigación y la detective Moreno. El perito Montenegro no ha dado una explicación concreta; sin embargo, ya corrió el chisme de que esta masacre no la cometió un ser humano. Dice que encontró una pluma blanca muy grande, de alrededor de cinco metros. Hasta ahora, nadie la ha visto.

(Comandante Domínguez: poniéndose la gorra negra y con cara de desesperanza.) Válgame, estamos ante una situación muy cabrona y ustedes con pinches chismes. Y dale con que no fueron humanos, ¡pues qué fuma ese pendejo de Montenegro! Si tuviera la chingada ala, nos la hubiera mostrado o alguien más la hubiera visto. ¡Esta masacre huele al Cartel de los Picillos! ¡La Secretaría de Gobernación tiene que estar informada inmediatamente! Esto pasará a manos de la Defensa Nacional y la Marina. Jizar, constata los rumores para que no se escuchen como pendejadas. Presiona al perito Montenegro para que explique lo que sabe.

(Policía Jizar: asombrado, levantando las cejas.) Pero mi comandante, ese no es mi trabajo.

(Comandante Domínguez: fastidiado, tira el cigarro y aplasta la colilla con el zapato.) Chingada madre contigo, ¡en este momento es tu trabajo! ¡Métele pata!

(Policía Jizar: sereno y sin expresión, cierra la libretita pequeña.) Sí, comandante, como ordene. (Baja la voz.) Comandante, ahí viene la detective Moreno.

(Comandante Domínguez: se quita la gorra, la sacude y se la vuelve a poner.) Ah, chinga, ¿y viene en ese carrazo último modelo?

(Policía Jizar: se rasca el mentón y en voz baja, dice.) Exactamente. Debe ganar muy bien para traer un Chevrolet Caprice del año. Cuesta unos ciento noventa mil pesos, mi hermano tiene uno rojo. Primeramente y con respeto, mi comandante, ¿quién contrató a una mujer para ser detective?

(Comandante Dominguez: riéndose viendo a Jizar de arriba abajo y poniéndose las manos en la cintura.) No sea mamón ni chismoso y métale pata para averiguar información con Montenegro, ¡y bajo ningún motivo dejen que la prensa se entere!

(Policía Jizar: cerrándose la chamarra, se aleja.) Sí, mi comandante.

(Comandante Domínguez: acercándose a la detective Moreno, se quita la gorra.) Buenas noches, detective. ¿En qué puedo ayudarle?

(Detective Moreno: cruzando los brazos viendo directamente a los ojos al comandante.) Pues ni tan buenas, ¿no cree, comandante? Mi equipo ya informó a Gobernación acerca de la masacre sucedida aquí, en Villa Miseria, y vamos a trabajar con ellos. Me informaron que una tamalería ya está clausurada, los elementos entraron a las tintorerías, dos en Pantitlán, y encontraron...

(Comandante Domínguez: poniéndose la gorra, molesto.)

A ver, a ver, barájemela más despacio, ¿su equipo, detective? ¿Cuál equipo?

(Detective Moreno: con una sonrisa sarcástica.) El elemento Castilla me informó acerca del excelente trabajo que está usted pensando hacer, comandante. Como cerrar los negocios de esta gente. Sin afán de ofender, una cosa es tener la intención de hacer algo, y otra, hacerlo. Junto con la policía Ministerial, estamos trabajando en la reconstrucción del delito. Abrí una bitácora de investigación y se la quiero compartir. La doctora Cabrera ya está revisando a las personas encontradas.

(Comandante Domínguez: sarcástico, mira a la detective Moreno de arriba abajo.) Qué amabilidad la suya, señora, y qué velocidad la de Castilla.

(Detective Moreno: se pone una mano en la cintura y con la otra señala al comandante.) Más respeto, comandante, para usted soy la detective Moreno. ¿Tiene algún problema?

(Comandante Domínguez: asiente con la cabeza, saca un chicle del bolso del pantalón, lo abre y se lo mete a la boca.) Pues fíjese que sí, detective Moreno. Me parece que me quiere comer el mandado…

(Detective Moreno: molesta, hace gesto de incredulidad.) Oiga, comandante…

(Comandante Domínguez: se quita la gorra y se rasca la cabeza.) Permítame terminar. Sin ánimo de ofenderla ni a usted ni a su equipo. Estamos recogiendo evidencias físicas, las dejadas en la escena del crimen (señala a los elementos que están en las calles), como usted está viendo. Usted, Detective Moreno, ha estado haciendo y deshaciendo y no me ha informado de nada. Se pone a dar órdenes sin tomarme en cuenta; acuérdese que soy el jefe inmediato de todos los elementos (señalándola), incluyéndola a usted.

(Detective Moreno: juntando las palmas de las manos y dando tres aplausos.) Buen trabajo, comandante Domínguez, ya veo que han adelantado mucho. Escúcheme, comandante, de ninguna manera voy a permitir que usted me hable como si yo fuese su subordinada... Aunque, por otra parte, tiene razón, usted es la máxima autoridad. Nada más no sea grosero. Esto es un malentendido. Usted no me informó ni yo lo he mantenido al tanto. Estamos haciendo esto juntos y usted es parte del equipo, quiero decir, el jefe. De ninguna manera vamos a trabajar por separado. (Se quita el *walkie talkie* que tiene puesto en el cinturón y mira el radio del comandante.)

(Comandante Domínguez: saca el radio y lo prende. Mira a la detective y escupe el chicle.) Ándele pues, a trabajar como equipo. Disculpe que yo escupa el chicle, ya está rancio.

(Detective Moreno: niega con la cabeza, toma aire y sonríe.) Muy bien, comandante. Acompáñeme a revisar la bitácora y que usted decida qué sigue; vamos, está en la cajuela de mi auto. (El comandante Dominguez y la detective Moreno caminan hacia el auto. La Detective Moreno se detiene y le dice al comandante.) El elemento Castilla pidió una patrulla al ministerio para que vengan a recogernos (sarcástica, añade.) ¿Escuchó la radio comunicación?

(Comandante Domínguez: saca la cajetilla de cigarros y la golpea contra su pierna.) Entonces fue el elemento Castilla. Tan amable y dicharachero, le voy a dar una medallota. No, no escuché la radio llamada. (Saca un cigarro y se lo da a la detective.) ¿Le ofrezco un cigarro, detective Moreno?

(Detective Moreno: sacando una cajetilla de cigarros de la bolsa de su pantalón.) De ninguna manera, comandante, yo fumo mentolados. Gracias.

(Policía Castilla: llega corriendo hacia la detective y al comandante, viene con un niño.) Mi comandante Domínguez, señora Moreno, aquí me encontré a este chamaquito, estaba bien escondido en la casa del burdel.

(Detective Moreno: tira el cigarro, lo aplasta con el zapato, hace cuclillas acercándose al niño y le dice.) Cariño, ¿estás bien?

(Comandante Domínguez: le da un golpe ligero en la cabeza a Castilla.) Sape por bocón.

(Policía Castilla: baja la cabeza y se la rasca.) Nomás hago mi trabajo. Aquí la señora me…

(Detective Moreno: enojada, se levanta) ¡Por favor! De ninguna manera les permito que hagan estas escenas en el área de trabajo, y mucho menos delante del niño. Comandante, sea más profesional. Y usted, Castilla (levanta la voz y lo mira irritada.), ¡para usted soy detective Moreno! Hágame el favor de llamar para que vengan a recogernos lo antes posible y vaya a buscar más evidencias… Déjenos solos.

(Comandante Domínguez: viendo a Castilla, que no saca su radio.) Castilla, ¿qué no está oyendo aquí a la detective? (Señala el radio.) ¿Qué espera?
(Policía Castilla: tartamudeando.) Ya realicé la radio llamada. Llegan en cualquier chico rato. Allá, los otros elementos están buscando, yo taje al niño…

(Comandante Domínguez: prende otro cigarro con cerillo y, riéndose, dice.) Castilla, pues vaya a ver si ya puso la marrana, ahueque el ala. Tarugo. (Se ríe.)

(Detective Moreno: viendo al comandante y haciendo movimiento con la mano para que Castilla se vaya) ¡Increíble! (Hace cuclillas y se acerca al niño, que ve la escena sin expresión.)

(Niño: limpiándose las lágrimas y los mocos con la manga del suéter, ve a la detective Moreno y le habla bajito.) No se erice, señora.

(Detective Moreno: mira al niño con ternura y le dice.) ¡Qué niño tan valiente! No estas asustado, ¿cuántos años tienes cariño? ¿Cómo te llamas?

(Niño: levanta la cabeza y la mira.) Gustavo, me dicen Tavo o Tavito. Cumplí once… o diez, no me acuerdo.

(Comandante Domínguez: señala al niño y dice, molesto.) Mira, niño, no estamos jugando, ¿tienes once o tienes diez?

(Niño: agacha la cabeza y dice angustiado.) No sé. Estoy hecho bolas (ve a la Detective Moreno a los ojos y pregunta), ¿voy a ver a mi mamá?

(Detective Moreno: se levanta y se acerca al comandante.) No sea bruto, por favor. Si tiene nueve o diez, ¿eso qué importancia tiene ahorita? El niño está en shock.

(Comandante Domínguez: saca un chicle del bolsillo y se lo da al niño.) ¿Quieres, niño?

(Niño: asiente con la cabeza y se lo mete a la boca.)

(Comandante Domínguez: mira al niño, y poniéndose la mano en la cintura, le grita.) ¿Qué paso? ¡Habla, chamaco! ¿Vives por aquí?

(Niño: abriendo los ojos, niega con la cabeza y se saca el chicle de la boca.) A mí me trajo una señora que yo ni conocía. Yo vivo por el mercado. Me perdí de mi mamá y esa señora me dijo que me iba a regresar con mi mamita. Me trajo por aquí, a una casa. Me espanté harto, pero luego se me quitó el susto porque la señora me dio un chesco y me dijo que mi mamá no se tardaría mucho.

(Comandante Domínguez: mueve la cabeza con negación, se rasca el mentón y dice.) No te saques el chicle de la boca, ¡cochino! Respeta aquí a la señora. (Voltea a ver a la detective, que lo mira enojada.) Todo esto está cabrón… no estamos llegando a nada… ¿Qué otra información tienes?

(Niño: se vuelve a sacar el chicle y ve al comandante y se mete el chicle a la boca.) En la cocina había mucha gente y traían una guarapeta de las buenas. La señora que me trajo aquí, después de que me dio el chesco, me metió a un cuarto sin puerta y vi a otros niños ahí sentados, ¡amarrados en un catre! Pero ni me dijeron nada, tenían la boca con un trapo… me dio cuscús. Me senté en el suelo y en eso afuera del cuarto empezó la gritería.

(Niño: empieza a llorar y abraza a la detective Moreno.) ¿Voy a ver a mi mamá? ¿Van a llevarme con mi mamita?

(Comandante Domínguez: se quita la gorra y se la pone al niño.) Primero, termina de decirnos qué pasó y te regalo mi gorra y luego vamos con tu madrecita.

(Detective Moreno: mira incrédula al comandante, suelta al niño y se levanta.) Usted es increíble, comandante, ya ni la hace. ¿A dónde está la mama? No le mienta al niño, por favor.

(Niño: se saca el chicle de la boca.) ¿Puedo tirar el chicle? Está regacho.

(Comandante Domínguez: se acerca al niño quitándole la gorra.) Haz lo que quieras con el mentado chicle. A ver, mijito, ¿qué chingaos pasó?

(Detective Moreno: se pone las manos en la cara, le quita la gorra al comandante y se la da al niño.) Usted ya ni la hace, comandante.

(Comandante Domínguez: mira a la detective y enojado, le dice.) Detective, le voy a agradecer que me deje hacer mi trabajo. No interfiera, ya párele (señala al niño), ¡tú, ayuda a la policía!

(Niño: poniéndose las manos en las mejillas, frustrado, grita.) ¡Es que no me dejan hablar! Un hombre con unas alas bien grandotas entró a la casa haciendo un desmadre. Levantó de los pelos a la señora que me trajo aquí, y con unos colmillotes le mordió la cara y el cuello y me regresé al cuarto y me metí abajo del catre. Nomás se oía un escándalo y gritos. Y cerré los ojos y luego todo se quedó callado y luego llegó un señor policía y me trajo acá. (Se pone a llorar con desesperación.)

(Comandante Domínguez y detective Moreno: Se voltean a ver, ella saca su cajetilla de cigarros, se levanta, enciende el cigarro con un encendedor.)

(Comandante Domínguez: asombrado.) ¡Díganos la verdad, chamaco!

(Detective Moreno: frustrada, voltea a ver al comandante.) El niño está en shock, no le grite, no sea bruto.

(Niño: grita y llora.) ¡¿No me creen, no me creen?! Era un hombre bien dadote, con unas alotas blancas bien grandototas.

(Detective Moreno y comandante Domínguez se voltean a ver.)

(Detective Moreno: se pone en cuclillas y le toma la mano al niño, que sigue llorando desconsolado,) Gustavito, entiéndenos, es una historia difícil de creer. Cuéntanos qué más viste, ¿puedes describir bien a ese hombre? Mira, cariño, después te vamos a llevar a otro lado, con los demás sobrevivientes, y buscamos a tu mama. (Voltea a ver al comandante.) Estamos esperando a que vengan por nosotros. Aquí, la gente del comandante es muy eficiente y no se van a tardar.

(Comandante Domínguez: con la mano en la cintura y molesto, le dice a la detective Moreno.) Y por qué no, para agilizar, nos vamos en su carro.

(Detective Moreno, molesta.) De ninguna manera, comandante. ¿Ya se vio los zapatos? ¡Puercos, llenos de lodo! (Señala al niño.) Y la ropa de Gustavo está hecha un asco. Fíjese que no, ¿sabe cuánto cuesta un *Caprice* de estos?

(Detective Domínguez: voltea a ver el auto.) Sí, ciento noventa mil pesos.

❧

(Todo se oscurece y se escucha una voz) Esa semana, lo único que se resolvió fue que la masacre no fue hecha por seres humanos. Jaime Maussan, periodista ufólogo de renombre, afirmó que solamente entes de otra galaxia eran capaces de esa atrocidad.

Meses después, se dio a conocer la existencia de Los Arcanos, ellos cometieron la masacre. Los dos cuerpos de las mujeres que faltaban fueron encontrados, ya putrefactos, en Villa Opulencia. Los Arcanos sí son entes de esta galaxia.

Teresa

"Abrázame, que el tiempo pasa y ese no se detiene.
Abrázame muy fuerte amor, que el tiempo en contra viene..."
Juan Gabriel

—Se pasa... ya es el quinto *Whats* que me manda y apenas son las diez de la mañana.

—No le contestes. También es tu culpa, güey... aprende a poner límites.

—Cómo voy a ponerle límites a mi mamá, ¡no mames! Así son las madres... preocuponas.

—La mía no. Ella tiene sus cosas que hacer y yo las mías. Y yo no estoy monitoreando a mis hijas cada pinche minuto. Ya estás cuarentona, güey. Teresa es mamá helicóptero, ponle un alto.

—Mira, ya está mandando otro mensaje... quiere saber a dónde vamos a ir a desayunar. No la fui a ver hoy y podía haber ido, la hubiéramos invitado... qué mala onda.

—¿Pero mala onda por qué? No mames, vienes conmigo, vamos a platicar como amigas. No es lo mismo si viene tu mamá, güey. Ya son otros temas. La fuiste a ver ayer, ¿no?

—La vi ayer para llevarla al doctor, no para platicar.

—¿Al doctor? ¿Qué pasó?

—Nada malo, el chequeo de cada seis meses. Me regresé a trabajar luego luego, por eso ni café tomamos ni la llevé al super.

—¿Por qué no la llevó tu hermano? Ese güey no trabaja los lunes.

—Porque no le da la gana. Le dice *no puedo* y le vale madre.

—Pues es que no es pendejo.

—Ya. Yo puedo llevarla y no me cuesta nada... espérame... está llamando, deja contesto... *Qué onda, ¿todo bien?... Apenas estoy recogiendo a Viviana y a lo mejor después de desayunar vamos al cine a la matiné... a ver la de La monja... cálmate, ¡no es una tormenta! Apenas empezó a llover... sí, manejo con cuidado... ya sé... órale, bay.*

—¡¿Qué?!

—Le preocupa que me haya salido de la casa y esté manejando con la lluvia...

—No mames... ¿No le preocupa más que estás viendo el teléfono cada pinches cinco minutos mientras vas manejando? Otra vez te está llamando...

—*Ah, sí... no me acordaba... bueno, perdón... sí, vemos otra... hay como 20 salas. Oki, te quiero... sí, te llamo cuando llegue a la casa... okey, cuando salga del cine... adiós... mamá, ya deja de estar hablando, que voy manejando...* Ella también quiere ver la nueva de La monja. Entonces mejor vemos otra, ¿no? ¿Le hablé muy feo?

—Estás bien disfuncional, güey. Con razón Adolfo te cortó... no mames. Mejor nada más vamos a desayunar... Dejamos el cine para la otra.

—Adolfo me puso el cuerno, está bien pendejo.

—Güey, Teresa se fue a vivir con ustedes dos semanas después de que se mudaron.

—Ella pagaba la renta del depa... Si a Adolfo no le gustaba que mi mamá viviera con nosotros, pues que se pusiera a trabajar más, ¡huevón!

—¿No trabajaba en el Superama?

—Sí, ahí trabaja, pero que pinche trabajo, no mames. No nos alcanzaba.

—Güey, es el gerente, es un buen trabajo. Ese era el problema, siempre lo hiciste menos. Además, tú ganas bien, ¿no?

—Ay, ya, quién quiere hablar del pinche Adolfo. Yo no gano mal, pero lo gano es para mí, no para mantener a nadie. No mames, me sigue marcando... voy a apagar el teléfono. *¿Qué onda, mamá?... No te preocupes, no me enojé... Cómo crees... No, no vamos a ver La monja... Nada más vamos a desayunar... ¿A las memelas?, sí, buena idea... Y de qué la quieres... Órale.*

—No que ibas a apagar el teléfono. ¿Entonces vamos a ir a las memelas?

—¿No quieres?

—Sí, vamos, pero güey, ustedes están muy tóxicas... no puedes vivir así.

—Mira, la verdad es que me da cosa que se vaya a morir y estemos enojadas... El tiempo pasa y nunca perdona...

—No mames, ya estás como la canción de Juan Gabriel.

—Pinche canción tan triste... ni la puedo oír porque me pongo a llorar.

—Pues así es la vida, güey. Teresa y tú siempre han estado así, con puro chantaje... desde la secundaria, o sea, no es nuevo. Las dos tienen una relación madre-hija muy intensa.

—Pues sí... tienes razón, pero... de veras, cuando se muera, no quiero estar toda mi vida arrepintiéndome de que no la vi ni convivimos o le hice el feo... ¿Me entiendes?

—Te entiendo, pero no estoy de acuerdo. O sea, lo haces por eso, ¿de verdad? Por el pinche arrepentimiento.

—...ya me tiene hasta la madre...

—No llores, pendeja.

—Otra vez manda mensajes... la voy a mandar a la fregada...

—No, espérate, no hagas drama, ya ha de querer la pinche memela. ¿Qué te pone?

—Dice que, si nos la comemos con ella en la casa, nos hace café de olla.

—Ni como ayudarte, güey...dile que sí. Yo quiero un chingo a Teresa, ustedes son como de mi familia, por eso digo que las dos necesitan terapia.

—No mames, ¿cuál terapia? Desde que se murió mi papá, ella ha estado muy sola.

—¡Güeeeey, se murió cuando ibas en primaria! O sea, ya tiene un chingo de eso. No me digas que todavía le llora, porque nunca la he visto triste cuando tu papá sale al tema. A Teresa le hace falta conocer a alguien, ya ves que estuvo saliendo con mi tío un rato y estaba contenta.

—Ya se me había olvidado, fue cuando me tocó hacer el servicio social. No viví de cerca ese romance. Casi un año, ¿no?

—Casi dos años, tú te fuiste un chingo de tiempo. Pues el pendejo se fue a vivir a Montreal y Teresa no se quiso ir con él y él no se quedó... o sea, pinche telenovela.

—Y tú tío se casó hace poco, ¿no?

—Mi tío Gonzalo no se casó... ese no tiene ni perro que le mueva la cola. Se casó su hermano, que vive en Quebec, o sea, mi otro tío... que se casó con su güey... O sea, nada que ver... ni tema.

—Ah... mi mamá y yo pensamos que se había casado Gonzalo.

—¿Tu mamá pensó que Gonzalo se había casado?

—Yo pensé, lo pusiste en tu Instagram. La verdad ni vi la foto, nada más leí que tu tío se casó y...

—Te digo que estás bien pendeja... no mames, qué cagado que pensaste que Gonzalo se había casado con un güey. Ese fue su hermano. Regresando al tema, Gonzalo estaba clavado con Teresa, yo creo que ella también con él, eh...

—No mames, y por qué ya no la buscó, ni tanto interés.

—Tú estás en la pinche nube, antes no había Facebook ni nada. Oye, deberíamos de ponerlos en contacto.

—Pues no estaría mal... pero ya pasaron como treinta años, mi mamá no va a querer. Deja contesto, espérame... *qué pasó... estamos en el estacionamiento, platicando... ya nos vamos a bajar... ¿te llevo roja o verde? Órale. ¿Pan de dulce? Pues ve a la panadería de la esquina... bueno, sí, está bien, pasamos al Globo por pan... órale, bay.* Cómo jode, no mames. Es que está sola. Ya ves, me digo y me desdigo. ¿Y cómo le hacemos con tu tío?

—Ese güey llega mañana de Montreal. A huevo que los vamos a juntar, que sea un encuentro casual. A lo mejor se la lleva a Montreal... Chicle y pega. Convéncela. Gonzalo sí va a querer, está solo. Donde hubo fuego, cenizas quedan.

— Pero si mi mamá no se fue antes, ahora menos. Yo preferiría que él se regresara a México, si se van a Canadá, ya no la voy a ver. No se trata de eso.

—No sé quién está peor, tú o ella.

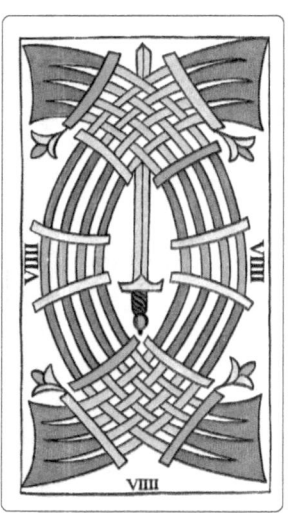

La mamá de los niños araña

"Hay algo más importante que la lógica, la imaginación"
Alfred Hitchcock

—Ay, señora Cayetana, cuando el dueño sepa cómo tiene el techo del departamento, ¡le va a dar el infarto! Ya le hizo más de veinte hoyos, la escoba ya tiene flojo el palo.

— Y cómo se va a dar cuenta, nunca pone un pie en el edificio, y menos aquí, adentro de mi casa. Ultimadamente si le da el infarto, no es mi problema. De algún modo tengo que callar a los hijos de Patricia, desde que llegaron a vivir al departamento de arriba, no he dormido de corrido. ¿Cuántos son, Raúl? Se escuchan tantas pisadas que ¡parecen cien! Cómo chingan.

—Ay, cómo puede oír tantas pisadas. Los dos chavitos están bien flaquitos, la niña también, uy, la pobre tiene unos bracitos que parecen hilos largos, largos. No invente…

—Tú no vives abajo de ellos, así que no sabes. No seas grosero. Te digo que son más, ¡son más! Se están multiplicando y además ya tienen un perro que corre para un lado, corre para el otro, y nunca lo sacan a hacer sus necesidades de animal; ¡qué horror! Ahí arriba ha de estar hecho un muladar. Claro, no tienen padre que ponga orden. Se nota que esa Patricia es una casquivana...

—Ay, señora Cayetana, la señora Patricia no es casquivana: es viuda. Por eso siempre anda vestida de negro, pues cómo cree que van a tener padre.

—Te apuesto que ni tíos ni abuelos. No hay figura paterna.

—Eso no sé. No ando de metiche.

—Esa que te la crea tu abuela. Metiche eres y arriba sucio tienen. No me vengas con que muy limpia la señora Patricia.

—Pues no es por hablar de ellos, pero limpio, no tienen. El departamento huele a calcetín sudado, hay telarañas por todos lados. Pero no está tan mal, tienen las cosas en su lugar.

—Entonces ya los conoces bien.

—Pues bien, bien lo que se dice bien, no. Cuando llegaron a vivir aquí yo andaba fuera y la renta la depositan al dueño, a veces me la dejan en la portería, a veces no tienen. Yo fui a arreglarles el lavabo; los tres chamaquitos estaban sentados en un rincón de la cocina, la señora Patricia me ofreció un café, no le iba a hacer el feo. Y bien vaciados, se llaman Kumo, Ragno, y la niña, Ariana. El perrito es el Spider, siempre está echado debajo de la mesa, ese perrito ya ni se mueve.

—¡Virgen Santísima! Pobres niños, qué nombres tan feos. Qué friega les dio.

—Es que usted no habla otros idiomas. La señora Patricia dice que Kumo es una palabra japonesa; Ragno, italiana; Ariana es un nombre griego, y Spider, pues está en inglés, como todos sabemos. Aunque están fregados de dinero, se le nota la clase a la señora Patricia.

—Ah, pues resulta que la señora Patricia es muy sofisticada, ¡vieja payasa! Mejor ya vete, que va a empezar la telenovela de las ocho.

*

—Señora Cayetana, le estoy llame y llame desde el mediodía y no me contesta el teléfono. Le llevo los focos más tarde. O, si no es mucha molestia, ¿puede bajar?

—Ahora te cuesta mucho subir tres pisos, Raúl. Necesito los focos antes de que se haga de noche. Qué no te acuerdas de que tengo mal las piernas, por eso no salgo. Qué bárbaro, te pasas.

—Perdón, se me olvidó lo de sus piernas. Pues voy después de las seis. Es que estoy cuidando a Ragno y Kumo. Fíjese que la señora Patricia se llevó a Ariana al doctor, se puso bien malita.

—Uy, ¿qué le paso?

—Le dan migrañas, es un dolor bien fuerte de cabeza. Según que es neuromuscular, por eso no puede caminar.

—Mira, tú ya con palabras muy científicas. Ya qué, ven antes de que se ponga oscuro.

*

—Gracias por el café, señora Cayetana. Anoche ya ni le traje los focos, perdóneme. Es que llegaron bien tarde por Kumo.

—Me imaginé, Raúl, esa Patricia es una desobligada, te digo, y tú ahí andas de menso. Oye, ¿y por qué no bajaste a los otros niños, y de pasada al perro? Hacen mucho ruido, ahora sí ya me cansaron. Voy a poner una queja.

—¿A quién se la va a poner? Para eso estoy aquí, soy el encargado, ¿qué problema tiene? Dígame.

—Ay, Raúl, de veras que estas en otro mundo. Que los niños de arriba me tienen harta, me voy a quejar con el dueño porque tú no haces nada. ¡Virgen santísima, llévatelos de aquí!

—Cuáles niños, le dije que la niña está en el hospital y los otros dos se quedaron en la portería, conmigo. No hay más niños. Y al Spider no lo voy a bajar, ya está viejito y anda mal de sus patas, así como usted, que tampoco baja.

—Ah, que chistosito, me comparas con un perro.

—Uy, todo le molesta.

—Oye, Raúl, ¿qué pasó con la chamaquita del hospital?

—Pues tiene una condición muy rara, se llama enfermedad de la tagma, o algo así.

—Nada más inventas. Nunca había oído de esa enfermedad, esa familia también tiene enfermedades sofisticadas. Son ridículos, medio mamona la vieja esa, ¿qué pasó o qué?

—Pues, según la señora Patricia, el sistema digestivo de la hija es muy largo. ¡Le llega a los brazos y a las piernas! Imagínese…

—¿Qué? Ahora si me sacaste de orbita. Entendiste mal o esa Patricia estaba drogada. Mejor cállate y no repitas barrabasadas. Ya mejor vete a trabajar, nada más andas de chismoso.

*

—Buenos días, señora Cayetana. Anoche otra vez cuide a los niños de la señora Patricia, ella se tuvo que quedar en el hospital.

—Oye, ya pareces nana, ¡cóbrale! Te digo, ya te agarraron de bajada.

—Ay, señora Cayetana, no sea así. Mire, creo que la señora Patricia ni duerme. Ya ve que ella trabaja en la costurería de enfrente y entra bien temprano, a veces sale bien tarde. Cómo cree que le voy a cobrar por cuidar a los niños. Anoche me regaló estas galletas, ¿quiere una?

—Por lo menos tuvo el detalle… están buenas.

—Oiga, señora Cayetana, le voy a contar, fíjese que Kumo me dijo que Ariana no es su hermana. Que hay otro niño en el departamento cuidando al Spider, y que Ragno no es niño.

—Ah, cabrón, ¿entonces qué es?

—Están relocos. Dice que Ragno es una bolita flotando, que se llena de ojos rojos despestañados y hasta ha bajado a verla a usted cuando esta dormida.

—A visitarme ni a verme ni que ocho cuartos. Tú ni les hables de mí, eh. No quiero estar en boca de esa gente.

—Yo no hablo de usted. Ellos hasta saben de qué color son sus cortinas, y sus colchas, ¿nunca ha visto a nadie en la noche? ¿Ha sentido algo raro?

—Mendigos chamacos, ¿no dices que no caminan? Entonces se meten a mi departamento o se anda metiendo Patricia para robar o tú los traes o qué…

—A mí no me meta en problemas. Yo no ando de chismoso, la verdad ya no sé qué traen.

—Pues tienes que subir y poner un alto. Es tu responsabilidad, eres el portero. Mira, eso de que otro chamaco se queda en el departamento no lo dudo, de que vienen a meterse, tampoco. Ahora sí tienes que subir y ver quién se la pasa corriendo. A lo mejor es un niño que tienen secuestrado ¡Virgen santísima, que habrá!

—No, qué secuestrado ni que nada. Usted dice que todo el tiempo está corriendo, y secuestrado no podría correr, estaría amarrado. A lo mejor es un fantasma o hay algo atrapado entre su techo y el piso de ellos.

—Pues ahí no sé qué decirte. Sube a ver, antes de que regresen.

—Acompáñeme a ver, señora Cayetana. Tampoco puedo meterme al departamento sin avisar, me van a correr. Ya ve que los vecinos son bien chismosos.

—Tú puedes entrar cuando quieras, para eso eres el portero.

—Híjole, pues ya voy. No se vaya a meter a su casa y me deje ahí solo. De perdida quédese en el pasillo.

—Aquí me quedo.

—Bueno…

—¿Raúl, ya entraste?

—Apenas abrí…

—¡Virgen Santísima! Qué ruidero, ¿qué pasa? Raúl, Raúl, contéstame.

—Señor policía, le estoy diciendo que abrí la puerta y ahí estaban viéndome, desde el rincón, tenían más de dos ojos, haga de cuenta como rayos láser, y hacían un ruido bien gacho. Que se me echan encima, pues me puse grite y grite salieron corriendo tres bolas negras y peludas. Se han de haber comido al pobre perro.

—Eso es una total incoherencia, vienes a burlarte de nosotros o estas alcoholizado o drogado o loco, ¿qué te pasa? Y no soy policía, soy inspector en jefe, y...

—Señor policía, yo los vi, ¡bajaron muy rápido! Como si el viento los empujara, eran unas bolas con más de dos patas. Este muchacho está vivo de milagro. ¡Virgen santísima, libranos de todo mal!

—Ay, señor inspector en jefe, no puedo creer que lo estoy oyendo; pero qué imaginación tiene esta gente. Yo nada más vivo con mis tres hijos. Tú, Raúl, te metiste sin autorización. y usted, señora Cayetana, es la que está orquestando este chismerío.

REINA DE OROS

El Royal Caribean

"Yo no le tengo miedo a la vejez, sino a algo más peligroso: el derrumbe de una mujer. No le temo ni a las canas ni a las arrugas, sino a la falta de interés por la vida"
María Félix

Estoy por cumplir los setenta y seis años. Para mi nieta Ramona, que apenas cumplió los veintisiete, ser de la tercera edad es una discapacidad. "Ay, abuela, por dios, ya eres vieja para seguir trabajando. Ya has sido directora del museo por siglos, dale oportunidad a gente joven, por Dios". Sigo aquí para, además de sentirme útil, tener un impacto con las nuevas generaciones. Yo le doy oportunidad a la gente joven, sin duda, como a Renato, él tiene veintinueve años. Hace seis meses que trabaja conmigo, ya se está fogueando. Renato es un apasionado de las antigüedades: se graduó como historiador, recién terminó su maestría en artes rupestres. Ramona no entiende de museos ni de la importancia a mi trabajo. Me hubiese gustado que ella siguiera mis pasos y se quedara con la dirección del museo. Pero no, a ella le gustan más los números y las ecuaciones, trabaja como maestra de álgebra. "Por qué no te vas a vivir a un crucero, abuela, es una buena opción. Y tienes dinero". No sé qué entendió cuando le dije que después veíamos, al otro día llegó al museo con su ordenador y panfletos. Renato estaba en la oficina, compartimos el lugar porque así él va aprendiendo más rápido. Cuando Ramona va al museo, más que visitarme a mí, viene a ver a Renato. Aunque han salido un par de veces y ella le manda mensajes de texto todo el tiempo, a él no se le nota el mínimo interés romántico. Se me figura que lo fastidia. Es que mi nieta es jodoncita. "Buenos días, Renato, que bonita corbata. Hola abuela. Te traje información del crucero, me parece ideal para que vivas el resto de tus días a bordo. Unos novecientos mil pesos al año, tienes tus ahorros, ¿no? Aprovecha que estás viva y vete este mismo año. Claro, hay otras opciones para diferentes presupuestos, pero esa me parece la mejor. Incluye habitación, comida, entretenimiento, transporte, propinas, tasas portuarias, impuestos, médico. Hay clases de meditación, todas las excursiones, ahí te van a ayudar a moverte de un lugar a otro, aunque tampoco tienes que bajarte a todos los puertos. Mira, Renato, ¿no crees que esta genial?". "Ramona, ¿por qué tanto interés en que se vaya? Tu abuela es imprescindible aquí". "Ay, Renato, no seas barbero, nadie es imprescindible y, mientras ella siga aquí, tú no pasas de perico perro". Empezaron a hablar de mí como si yo no estuviera enfrente de ellos, les dije que no hacía falta que tomaran decisiones que no les corresponden, pero ni me oyeron. Qué fastidio, que llegar a viejo lo convierte a uno invisible, en una decoración. Después, Ramona bajó la voz porque cree que estoy sorda, pero clarito la escuché. "Mira,

Renato, convéncela. Tiene que vender su casa y con ese dinero irse al crucero este mismo año. Mi mamá quiere quedarse con la herencia y mandarla a un asilo, además, tú te quedarías con la dirección del museo, ¿no?". "Pero cómo pueden decidir mandarla a un asilo, tu abuela está bien de sus facultades mentales, nada más tiene achaques de la edad, es normal. Es una mujer ejemplar. Para muchos de nosotros aquí, ella es una musa y una mentora". "Mira, Renato, tú no lo sabes, pero mi madre conoce gente y se mueve en el ambiente, la van a medicar o algo, además, ya está chocheando y se le va el avión". ¿Cuál ambiente? ¿De qué hablaba esa niña? Debía saber algo que yo no. Ahora resultaba que mi hija es como Piedad, la de *Los Cuervos están de luto*. ¿Qué estaría tramando? Mi hija siempre fue canijilla, eso sí; Ramona nunca ha sido una perita en dulce. Finalmente, mi nieta se fue diciéndome que todo estaba listo, se salió haciéndole un guiño de complicidad a Renato. ¿Pero qué se cree esta chamaca? Él, con sus ojos caleidoscópicos y aleteando cientos de pestañas oscuras, me vio de arriba abajo y dijo, nervioso: "Uy, pues esta situación se va a salir de control, ¿qué hacemos?". ¿Qué hacemos? Habló en plural. Cómo que qué hacemos. Este ya se estaba tomado libertades, ¡y que si se las tomó! Antes de que pudiera decirle algo, este muchacho me dio una nalgada, una de esas nalgadas coquetas, y me plantó un beso, hasta la lengua me metió… eso no me lo había hecho nadie. "Déjame por fin arder en tu cuerpo, te deseo como nunca he deseado a otra". Sacrosanto, pero Renato tiene gerontofilia. ¿Qué se supone que tengo que hacer? No estoy enferma de la cabeza, ¿o sí? Antes de que se esclarecieran mis ideas, el muchacho fue a cerrar la puerta con llave, muy avispado como siempre, y que se me abalanza y me levanta la falda, ¿será que me quiere matar? Pero bien que me dejé... me sentí una *femme fatal* y cuando una mujer se instala en mujer fatal, ya no hay vuelta atrás. Le desaboroné la camisa y bajé la mirada para ver lo que tenía dentro del calzón. Sacrosanto, yo había tenido relaciones con mi marido, pero nunca se lo vi. No creo que haya sido como lo que tenía Renato, ¡qué belleza, de veras! Y que me da otra nalgada, una nalgadota. Se acercó a mi oído y susurrando, dijo "lujuriosa, eres una lujuriosa". A mis casi setenta y seis años, descubrí un nivel de placer que no conocía.

Ramona seguía vendiéndome la fantasía del crucero y, para que me dejara en paz, le dije que no era mala idea. Fue cuando sacó el cobre: "Menos mal que entraste en razón, abuela. Mañana mismo vengo con el abogado y me firmas un documento para que legalmente yo sea tu albacea; porque no tienes a nadie y está en juego tu patrimonio. Abuela, has tenido suerte de no tener demencia o no nos hemos dado cuenta y ya la tienes. No te preocupes por nada, yo me encargo de la venta de la casa y de lo del crucero". Ramona me dio un beso en la frente, un beso de Judas para limpiarse la conciencia. Esta me iba a crucificar. Le fui dando largas a la firma con el abogado. La noche antes de irme en el crucero, me despedí de Ramona, le dije que no la quería volver a ver, la pobre se quedó sin habla. Renato y yo zarpamos en el *Royal Caribean*, nos fuimos doscientos setenta y cuatro noches y visitamos sesenta y cinco países. El *quiero* le ganó la batalla al *debo*.

La Esquina

"La forma más elevada de inteligencia
humana es observar sin juzgar"
Jiddu Krishnamurti

Hoy amaneció un cielo atiborrado de nubes grises, con escasa diferencia a negras. Todas suspendidas en la atmósfera, todas amenazantes. Cuando se llenen de agua, van a estallar para hacer trizas la reputación del meteorólogo; anoche pronosticó día soleado para hoy. El cielo lanzó su ira y su odio mientras yo estoy adentro del auto de mi hermana, en la calle y esperando a que la terminen de peinar. Qué bruta, se equivocó y se llevó mi bolsa con mi celular y mi cartera. ¿Para qué me ofrecí a traerla? Ella nunca me hace ningún favor. Ahora que se puso grave mi papá, no pudo ni llevarlo a emergencias. Todavía tiene el descaro de decirme que me salga del trabajo. *Salte, qué te van a decir, si tú eres la jefa. Ándale, ya ven por mi papá, dice que se siente muy mal, pero siempre exagera. Ya tengo boletos para el cine. No seas gacha.* Ni modo de no ir por él.

Después de veinte minutos, llegó la mamá de Mariana. Se estacionó en la esquina y se fue corriendo al salón de belleza. ¿Se habrán quedado de ver ahí? No creo. Nunca nos ha caído bien. Se cree la divina garza y es muy naquita, la verdad. Se va a mojar lo mismo que si camina, corriendo tiene el riesgo de resbalarse, y está embarazada.

Por momentos, la lluvia cegó por completo los vidrios de su auto. Distinguí a Mariana en el asiento de atrás. Siempre la peina con moños gigantescos y de colores chillones. Qué bruta, dejó sola a la niña. ¿Para qué tiene hijos? Se supone que aquí, en Chicago, por ley, no se permite dejar ni a menores ni ancianos ni mascotas dentro de los autos, ¡mucho menos a 30 grados centígrados! Pero en estos lares de la ciudad, a nadie le interesan los reglamentos. La gente de por aquí vive con el lema de *no va a pasar nada*. Hasta que pasa. Incluyendo a mi hermana, que dejó el trabajo y las prestaciones para darse unos meses sabáticos. *No pasa nada, no soy la única. Tengo dos años levantándome a las cuatro de la mañana. Dándole los mejores años de mi vida a esa fábrica. Huéleme la ropa, a pura pinche mantequilla de palomitas. Que se vayan al carajo. No pasa nada. Tú, como eres jefa y te mantiene tu marido, no sabes lo que sufro.* Y se ríe despreocupadamente. El mes que viene ya cumple treinta años. Tampoco está tan chiquita.

La tormenta fue un chaparrón, dejó todo mojado y una humedad bruta. Ya hay mucha gente en la calle. Qué bueno que llegamos antes de que abrieran el salón; encontramos buen lugar para estacionarnos. Apenas pasó una hora y no queda ni uno solo. Cada centímetro de espacio en la calle está repleto de automóviles, en su mayoría decrépitos. Uno rojito tiene el cofre destartalado, el que se estacionó frente a mí, tiene una llanta ponchada, ¿cómo llegó? Me imagino que el rin esta hecho añicos. Al doblar la esquina, hay uno verdecito que se encuentra en estado apenas funcional. Me da una pena, el pobre. Lo estacionaron justo en la rampita de las sillas de ruedas. Por aquí, la gente se estaciona sin el mínimo remordimiento.

La madre de Mariana estacionó su auto, un Honda blanco ni muy grande ni muy pequeño, en donde hay un letrero que dice "No bloquear". Aunque la mujer hace caso omiso del letrero, por lo menos le dejó las intermitentes encendidas. No distingo bien si hay alguien más en el auto. ¿Trae un perro? No creo que sea un perro. Ay, sí, sí es un perro. Pobrecita, lleva más de una hora ahí adentro. Yo también, aquí adentro. ¿Y si me bajo a ver a la niña? Mejor no. ¿Para qué me meto?

En esta zona hay muchas colillas aplastadas en el pavimento, la gente también escupe chicles sin misericordia. Las gomas de mascar y las fibras de acetato de las colillas ya se amalgamaron con la calle. Prefiero no hablar de los gargajos que la gente echa, eso va más allá de mis límites de tolerancia. Es espantoso. Aunque considero a los que están enfermos, pero que traigan una bolsa o un bote, ¿no? La mayoría son naquitos, así como la mamá de Mariana. Así como mi hermana. Como decía mi mamá: "El que con lobos anda, a aullar se enseña".

Nunca había puesto atención en lo sucio de la avenida, la banqueta cuarteada, las paredes manchadas. ¿Será el humo de la contaminación? ¿Serán orines? Todo en general es muy feo. También hay dos pelucas tiradas, una negra y otra rubia; están hechas un asco, están empapadas ¿Quién anda tirando pelucas por la vida? Más adelante hay otra. Parece un animal arrollado, pero no… es una miserable peluca. Ni se distingue el color. No sé por qué mi hermana se empeña en seguir viviendo por aquí. No es que yo sea racista, pero aquí la gente es muy puerca, muy bruta. Además, está peligroso. Se lo he dicho a mi hermana, pero es necia. En la noche es cuando los monstruos se alborotan. Hay traficantes, vagabundos, maleantes, y matan gente que luego sale en las noticias. Por eso me fui lo más lejos posible. Pero aquí estoy, haciendo favores. *Mamoncita desde chiquita. Aquí vivías. ¿Cuándo viste eso? ¿Cuándo te asaltaron? Te crees mucho porque fuiste a la universidad. Hablas con esas palabras mamonas para hacerme menos. Por aquí hay vida, cosas que hacer. La gente saluda. No como en donde vives. Suburbulandia. Nada más se preocupan de su jardín. Ni sabes quiénes son los vecinos. Aquí no es peligroso. No pasa nada, relájate.*

Llegamos al salón de belleza a las 10:00 de la mañana. Ya son las 2:30 de la tarde. Qué ganas me dan de bajarme por mi hermana para irnos y para entrar al baño. Pero no me interesa hacer plática con las peluqueras. Tengo un hambre. Esta no trae nada en el carro, ni un chicle. En la esquina había un local de pollos rostizados y pizzas. No estaba mal, tampoco excelente. Ni bajarme a comprar algo; uno, porque mi hermana se llevó mi bolsa; dos, porque ya cerraron el local. Pensé que les iba muy bien. Pero no nada más está cerrado, ¡demolieron el edificio completo! Desde aquí se ve que entre los escombros hay bolsas de papel con comida, una de las bolsas es de McDonald's, la distingo por la M amarilla. Yo creo que un 90% de la población mundial sabría que es una bolsa de McDonald's. Bueno, quién sabe en Nigeria.

Yo creo que ahí no. Por doquier hay papas fritas embarradas de cátsup, servilletas, vasos plásticos y no sé qué más cosas; parece un vomito gigante. En esos mismos escombros se ve que hay una infestación de cacas, quiero pensar que son de perro. Infortunada esquina, en lugar de pollos y pizza, hay pelucas mojadas y ramplonas, chicles y colillas que se fusionan en la calle mugrienta. Cacas y escupitajos por doquier.

En plena avenida hay baches que, en días de lluvia como hoy, obligan a los conductores a circular casi por encima de la banqueta. Espero no ver ningún accidente ni a ningún atropellado. A la que ya veo venir es a mi hermana, se bajó del auto morena y ahora se va a subir rubia platinada. Con razón se tardó tanto. *Qué bueno que llegamos antes que la mamá de Mariana. Apenas la van a atender. Oye hermanita, que suerte que traías dos de a cien en efectivo porque mi tarjeta no pasó.*

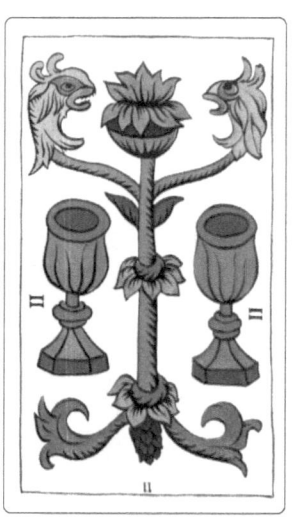

Roberta Lohman

"Para ser irreemplazable, uno siempre debe ser diferente"
Gabrielle Chanel

Mi hermana siempre estuvo enamorada de Miguel Lozano. Todas aquí lo conocíamos como "el granjero Miguel", un hombre de más de ochenta años. Roberta era la más flacucha y sosa de todas las Lohman. Ella podía estar horas y horas sentada mirando al infinito pensando en Miguel, la pobrecita caía en letargo absoluto y le empezaba la secreción por el pico y los ojos. Curiosamente ese estado mental la hacía liberar óvulos cada 18 horas; eso le salvó la vida varias veces. Aquí siempre se llevan a las más rozagantes y graciosas, antes de que se pongan viejas y pierdan su fervor. Roberta era más bien fea, por eso la querían para otra cosa: comercializaban con los huevos sin fecundar que ella ponía. De todas las Lohman que han vivido acá, ninguna otra ha sido capaz de poner tanto huevo como Roberta. Durante mucho tiempo mi hermana fue irremplazable, por melancólica y vulnerable y por ser las más ponedora de todo el gallinero. Yo en cambio soy dominante. Aquí se respetan las jerarquías, siendo yo la más grande en edad y tamaño siempre he llevado el liderazgo. En las noches duermo con dos subordinadas a mi lado con un ojo abierto cada una para cuidarme el sueño. Nunca fui capaz de poner un solo huevo, nunca lo intenté tampoco.

El granjero Miguel venía a visitarnos todos los días. En realidad, la venía a ver a ella. Cargaba cuidadosamente a Roberta apretando su cuerpecito de gallina flaca contra su octogenario ser. Le tenía un aprecio especial, incluso le compuso una canción: *Gallinita flaca por aquí, gallinita flaca por allá ¿dónde pondré a mi gallina? ¿Cuántos huevos me dará? Hoy me llevo a las gorditas y esta gallinita flaca siempre vivirá y en mis brazos dormirá.* Después la acomodaba en su nido, cogía un par de gallinas gordas para llevarlas a la granja y mientras lo veíamos marcharse cacareamos su canción: Gallinita flaca por aquí, gallinita flaca por allá ¿dónde pondré a mi gallina? ¿Cuántos huevos me dará? Hoy me llevo a las gorditas y esta gallinita flaca siempre vivirá y en mis brazos dormirá.

Roberta siempre se lamentó porque Miguel la dejaba atrás, entonces la pobre caía en letargo absoluto y le comenzaba la secreción por el pico y los ojos.

Hasta que uno de los granjeros más jóvenes vino al gallinero y se la llevó. Alucinadas todas empezamos a revolotear haciendo vibrar la tierra. Pasaron varios días sin saber nada de ella. Miguel Lozano no regresó al gallinero, en su lugar venía el granjero joven que se llevó a Roberta. Ese muchacho siempre nos trató como simple producto. Los rumores empezaron, Yo siempre pensé que el granjero Miguel había muerto, unas gallinas cacaraqueaban que ese granjero joven había colocado a Roberta en una mesa y acariciándole las pechugas flacas la desplumó sin piedad. Otras gallinas más atrevidas comentaban que ese mismo granjerito le metió los dedos por la cluaca para así removerle el husillo de la suerte. Pobre Roberta. No sabíamos qué pensar. En lo que todas estábamos de acuerdo era que, si usaban a Roberta para caldo, sin remedio alguno sería caldo aguado, sin chiste ni grasa y por consiguiente terminaría en la panza de algún pariente enfermo. Algunas derramamos lágrimas de pollo triste.

Después de unos días, nuestros ojos incrédulos, despestañados y chismosos, vieron al granjero Miguel Lozano salir en silla de ruedas con Roberta en brazos, ¡Roberta estaba espectacular! Más blanca que nunca su cola lucía esplendorosa y esponjada, con una cresta divina de rojo bien intenso, una cresta carnosa y rizada. Sin duda alguna mi hermana ya rondaba por los tres kilos y ella nunca había pasado de novecientos gramos, ¡ahora estaba hermosa! En las mañanas, una señora sacaba a pasear a Miguel, él siempre llevaba a Roberta en brazos. Me percaté de que mi hermana nunca cambiaba de posición, no se movía, ni emitía sonido ¡nada! Las demás se asomaron a la malla y, consternadas, lo confirmaron. Si bien ella nunca fue de hacer escándalos ni andar revoloteando, sus ojos la delataban, ya no era la misma.

Arcanos

"No hay alivio más grande que comenzar a ser lo que se es"
Alejandro Jodorowsky

El Mago y La Torre

Los padres de Manuelito Acuña se conocieron en la noche del Año Nuevo en 1974; un evento pomposo que cada año se celebraba en la mansión de la mamá del nene, una de las residencias más suntuosas de Villa Opulencia. La madre de Manuelito, que no tenía más de dos dedos de frente, pertenencia a una de las familias más respetadas del país. El padre de Manuelito siempre fue ingenuo, bonachón y cursi. Ninguno de los dos cumplía los diecisiete cuando concibieron a Manuelito, además de eso, en esta historia no hay mucho que decir de ellos. Triviales. El bebé nació en el hospital más exclusivo de la ciudad en donde su abuelo, don Fermín, afamado científico bioquímico, era director general. Manuelito Acuña nació protegido por El Mago, la carta número uno del Tarot. Afortunado desde que vio la luz del día, empezando por ser la niña de los ojos para don Fermín.

Los padres de Ramón Obregón no se conocieron. El tremendo concierto de música subgénero de rock urbano y olores a mota concentrada en orines, enmarcaron la violación en donde Ramón Obregón fue engendrado. A la pobre muchachita el destino siempre le jugó chueco, no existía salida, la quinceañera nació con el diez de espadas al revés. Hundida en ruina y miseria. Nació estrellada. Cuando su padrastro se enteró del embarazo, la sacó literalmente a patadas, aún con la ligera sospecha de que ese niño podría ser suyo. Para su madre no había nada más importante que su macho. La mujer, no sin antes quitarle la quincena que la muchachita ganó limpiando una mansión en Villa Opulencia, la apocó: *pinche putita, aquí no queremos escuincles chillones.* La madre de Ramón Obregón se fue a vivir con su abuela doña Chuy, a Villa Miseria. La doña se ganaba la vida haciendo filtros de amor con la vegetación para venderlos como amuletos. La abuela era una tarotista maravillosa; aunque siempre hizo chambitas para los vecinos y otros recomendados, el dinero con que se mantenía, antes de ser protegida de don Fermín, se lo pagaban algunos políticos y gente del espectáculo por sus servicios. Le pagaban muy bien por ser acertada y discreta. Cuando su nieta llegó a vivir con ella, doña Chuy la recibió con los brazos abiertos. *Donde come una comen dos y donde comen dos comen tres, no se apure, mijita.* A los ocho meses nació muy a la fuerza Ramón Obregón, entre periódicos, sangre y lágrimas mezcladas con mocos. En una noche llena de horas, la muerte se llevó a la muchachita. No hubo bautizo ni funeral. El primer día que doña Chuy y Ramón se quedaron solitos, ella le tiró su carta Arcana: *órele, mijo, es la mera Torre, bendita carta, tendré que estar ojo de hormiga para que mi muchachito salga librado del desastre que va a organizar.*

Manuelito Acuña nació con un ligero estrabismo en el ojo derecho, la forma de su cabeza es prácticamente cuadrada y su piel es tan pálida que se le ven las venas, por eso a veces Manuelito se ve verde. Al cumplir ocho años le hicieron una sencilla cirugía para corregir el estrabismo y sucedió un acontecimiento increíble. Cuando el niño estaba en recuperación, su espalda se cubrió de cuchillas de queratina. ¡Los poros de la piel se abrieron dando paso a plumas grises de textura suave y vellosa! El único testigo fue su abuelo don Fermín, quien perplejo, atinó a decir *Manuelito, la humanidad es demasiado limitada en su visión mental, no le digas a nadie lo que te está pasando*. Don Fermín decidió que Manuelito Acuña no volviera a ver a su familia, para no estar expuesto a la ignorancia de la gente. Don Fermín y el niño se quedaron a vivir en Villa Opulencia, a la familia los mandó a vivir al extranjero. Nadie respingó, pues bajo la permisividad de su abuelo, Manuelito excedía cualquier límite de maldad: era imparable. Cuando tenía tres años, le cortó las patas al pollito que le regalaron unos vecinos, tanto cartílago le dio repulsión. Poco después, le arrancó el caparazón a una tortuga para mostrarle a su prima que este tipo de reptiles tienen espina dorsal. Desde entonces, la niña sufre de un trastorno que consiste en arrancarse las cejas. La pobre se traumó, ya que la inocente tortuga seguía con vida cuando Manuelito le quitó la concha. El día que Manuelito Acuña se enteró de que su mamá estaba embarazada, le dio un empujón por las escaleras para que perdiera al feto. *Misión cumplida*, le dijo a su madre esbozando una sonrisa. Don Fermín no toleró que dijeran que el niño estaba mal de sus facultades mentales, y mucho menos que Manuelito fuese el anticristo. En cuanto pudo los alejó a todos: *el que paga manda y aquí pago yo*, dejó clarísimo don Fermín y los apartó de su nieto para siempre, un alivio para los demás. Manuelito aprendió todo lo que se puede aprender en los libros, la biblioteca de su mansión tenía más de veinte mil ejemplares, a los que se les sumaban otros tantos mensualmente. La educación que Manuelito recibió estaba no solo a cargo de su abuelo, también de Simone Alcázar, científica especializada en genética. Simone nació con el Arcano número diecinueve, el Astro Rey, nació con el control absoluto de su consciente y subconsciente; una mujer de acción. Simone siempre será la montura y la vitalidad para don Fermín, regido por la misma carta que doña Chuy, el número dos, La Suma Sacerdotisa. Don Fermín fue maestro de Simone en la Universidad, y desde que la vio, reconoció en ella no solo a una mujer sobresaliente, reconoció en Simone Alcázar el alma gemela para su proyecto de vida. Para Simone, don Fermín ha sido, es y siempre será su trascendencia y libertad. La relación de los dos iba mucho más allá de lo carnal, mucho más allá de la admiración. Mas el lazo inquebrantable que existe entre los dos nació años atrás, durante una expedición al Archipiélago de Revillagigedo. Ambos iban en el bote, estudiando la evolución de ciertos organismos del océano Pacifico, cuando don Fermín y Simone Alcázar vieron el afloramiento de un volcán cubierto de selva de unos trescientos cincuenta metros de altitud. Mientras observaban el increíble hallazgo, notaron a un ser humano volando hasta ahí. Perplejos, decidieron acercarse a esa isla recién nacida. Cubierta por arena gris claro brillante y metálica, la bautizaron como Isla de Plata. Ahí se quedaron varias semanas que se convirtieron en meses, aprendiendo cosas inimaginables que, en otro momento, esclareceremos. Por eso, cuando Manuelito

Acuña desarrolló características sobrehumanas, ni a don Fermín ni a Simone les sorprendió mucho, pues era la prueba viviente de su descubrimiento en Isla de Plata. Comenzaron a explorar el campo genético de Manuelito y develaron sus sospechas: el niño era superhumano. Cuando cumplió doce años, súbitamente Manuelito dio un estirón, de tener estatura de niño se levantó midiendo un metro ochenta, una pelusa color castaño claro cubrió sus axilas, de sus manos salieron garras curvas y gruesas que le reventaron los nudillos y de sus labios brotó una voz melodiosa. Mientras crecía el niño, no salió de su casa, las únicas personas con quienes convivía eran don Fermín y Simone. Aprendió que todo es posible siendo invisible, impensable e intocable: como un Mago.

A los ochos años, Ramón Obregón ayudaba a su bisabuela con los gastos, haciendo mandados en las tiendas y lavando microbuses; a doña Chuy no le hacía gracia que Ramón dejara la escuela para trabajar. Él siempre le decía: *no se apure, jefecita, no hay mejor escuela que la calle, y como me ha dicho hasta el cansancio: la resignación es el alma del pueblo, es lo que toca.* De chamaco le decían El Tuerto por su marcado estrabismo. Para el muchacho que le puso el apodo, era lo mismo no tener ojo que tener el ojo desalineado. El despertar de su octavo cumpleaños fue complicado, antes de abrir los ojos, Manuel Obregón se levantó a gritos, ya que una pluma brotó de su espalda. La única testigo fue Doña Chuy, que con ojos desnudos y atónitos no daba crédito a lo que pasaba con su nieto: ¡espinas y barbas de plumas le rompieron la piel, cubriéndolo todo de sangre! Mientras la abuela las lavaba hasta dejarlas blancas y espesas, atinó a decirle: *Mire, muchacho, no se agüite, la gente es muy mala, muy bruta, y se lo pueden llevar a un circo. Esconda siempre las alas de ángel. Usté es el elegido de Dios. Qué le importa lo que la gente le vaya a decir. Usté agarre piedras y a aguantar vara.* Durante su niñez, Manuel Acuña invariablemente andaba solo y con los ojos tristes. Cientos de veces las pandillas, violentas y sumisas a la mafia, lo mandaban a su casa hecho un guiñapo de sangre, sin dinero, y su Diablo metiéndose en el cuerpo.

—*¿Cómo me defiendo? Son muchos, traen bala, navaja.*

—*Deles la vuelta, mijo, usté está chiquito. Llegará el día en que...*

—*¿Día en que? En que me maten, ¿de ese día habla?*

—*El día en que nos vayamos de aquí.*

—*Un día les voy a romper la madre, jefa.*

—*Sí, mijo, pero ahorita no, aguante vara.*

Ramón Obregón detestaba su vida ahí, mucho ruido, mucho infortunio. Le tenía coraje a todo, especialmente a sus vecinas, a las que iniciaron el culto Las Adoradoras de las Poquianchis, un grupo de mujeres que veneraba a las hermanas González Valenzuela (las que en 1964 se hicieron famosas por el delito de trata de personas, además de haber asesinado alrededor de ciento cincuenta mujeres y niños. Sin incluir los abortos, que vendían como tamales. Se convirtieron en las asesinas mexicanas con más víctimas). El culto de Las Adoradoras de las Poquianchis metía a su casa niñas y niños para reclutarlos y nunca nadie los volvía a ver. Ramón fue testigo muchas veces de la situación que esos inocentes vivieron. Desde su ventana se veía el traspatio de la casa del culto, los demás vecinos se hacían de la vista gorda por miedo a los matones que las cuidaban.

Otra vez, abuela, estas cabronas metiendo chamacos y nosotros aquí, sentadotes mirando el espectáculo, todo podrido, jefa.

—*Mijo, todo en la vida es un círculo, en el momento menos esperado se las lleva la chingada, es cuestión de tiempo.*

— *No, jefa, miré, usté no me capta, ayer ya cumplí doce años y ayer mismo en las cartas usté vio que me salió la muerte seguida del diablo invertido, la liberación de las alas atadas, así clarito, jefa. Pues ya se armó, voy a averiguar para qué me cargo estas dos alas. Yo no soy normal, si usté dice que soy un ángel, pos puedo hacer algo. Primeramente, me llevo a esas pinches viejas, de segunda…*

—*No tan rápido, Ramón, bájele dos rayitas, mijo, Tenga cuidado con sus pensamientos y sus acciones. Ramón, no nos hagamos pendejos, ayer también le salió el Rey de espadas, mijo, no sea nalga pronta. La catástrofe estaba bien marcada con esa carta.*

—*Bueno, ya estuvo, jefa* —y Ramón se fue a su recámara.

Inconscientemente, doña Chuy hacía lo posible para que Ramón no alcanzara el éxito como superhumano, no quería perderlo. Sabía perfectamente que el niño había nacido para ser algo grande y, al mismo tiempo, la peligrosidad del destino la estresaba y ella no podría con tanta responsabilidad. Por eso le amarraba las alas. Doña Chuy lo fue a buscar para darle su regalo de cumpleaños y entró en a la habitación. Ramón estaba asustado. *Mire, jefa, se me acaban de salir, ¿qué soy?* De súbito le habían crecido músculos en los brazos y los muslos, ella lo miró perpleja y dijo tranquilizándolo: *mijo, eso es normal, a veces los varones crecen en chinga, así de un día para otro, en un abrir y cerrar de ojos. Es que aquí usté no tiene figura paterna y no sabe. Aquí le traigo esto, es su regalo, mijo, ¿lo va a abrir? ¿O va a seguir con berrinche?* De una cajita sacó una medalla de chapa de oro con la torre grabada de un lado y su nombre en diminutivo, del otro: Ramóncito. Se abrazaron y ahí cerraron la conversación. Era como si Ramón no tuviera alas, ni músculos grandes y gruesos formados por dos cabezas en los brazos. Cuando doña Chuy se fue a dormir, Ramón se subió a la azotea para ver la noche y ahí extendió sus alas por completo, nunca se había atrevido a hacerlo. Bajo la bendición de la luna las alas blancas de Ramón irradiaron una luz dorada, parecía un ángel. De sopetón sintió un inmensurable ardor en las manos y vio cómo le salían garras de los nudillos. Sintió la sangre hervirle las venas, sus oídos se agudizaron y escuchó claramente lo que estaba sucediendo en la casa de sus vecinas. *Mira nomás estos pollos, si no llegan los chulos a recogerlos hoy, le llamas al Cevichón para que se los lleve mañana, pues van a llegar las pollitas y no caben todos.* Ramón sabía de lo que se trataba, ahí no era una granja avícola. La necesidad de venganza y odio se apoderó de él. Abrió las alas y sin saber cómo, voló hasta el traspatio de las Adoradoras de las Poquianchis. Estando ahí, un fuego lo quemó por dentro, su piel se erizó y la sed de destruirlas lo llevó a lanzarse sobre ellas. Se metió a la casa que era un infierno y un burdel. Fue tal el furor que, cuando terminó con todo, Ramón Obregón no supo más de sí. Perdió la conciencia por varias horas hasta que despertó en la azotea de una casa anaranjada en Villa Opulencia. Ahí, cubierto en sangre y molido de cansancio, alcanzó a reconocer dos cadáveres: eran sus malditas vecinas. Tenían la yugular destrozada y los ojos en blanco. Ramón sintió el sabor metálico de la sangre en sus labios y esto le provocó una sensación de muerte chiquita, eléctrica y convulsiva.

—Carajo, no soy un ángel, soy un vampiro.

A lo que una voz estilo tenor, lírica, dramática, le respondió:

—Seguramente algo de Nosferatu nos corre por la sangre. El vampirismo es una teoría garantizada y lo demuestra la historia de cada siglo.

—¿Qué? —dijo Ramón viendo al ángel de plumas grises, traslucido y envuelto en una capa roja sentado en un diván grande de terciopelo azul.

—Tú tranquilo, soy Manuelito Acuña. Estaba sentado aquí escuchando la noche, cuando llegaste en una nave de fuego. Con suerte y yo soy tu vellocino de oro.

—¿Estás loco o qué? ¿Esta es la azotea de tu casa?

—No es azotea, se le llama *rooftop*, y sí, esta es mi casa, y respondiendo a tu última pregunta, existe la probabilidad de que esté loco. Como dijo Don Quijote, de poeta y loco, todos tenemos un poco, ¿cierto? No creo que me entiendas bien, ¿cómo te llamas?

Ramón Obregón y Manuelito Acuña platicaron durante cuarenta y ocho horas seguidas. Durante esos dos mil ochocientos ochenta minutos, Manuelito Acuña se dio cuenta de que Ramón resplandecía; en los siguientes 172 800 segundos, Ramón se percató de que a Manuelito Acuña se le había escurrido el alma del cuerpo. Juntas las alas espesas y blancas de Ramón Obregón y las alas grises y escasas De Manuelito Acuña, se veían majestuosas, parecían tener vida propia. Los dos poderosos enigmáticos y recién nacidos, El Mago y La Torre finalmente se encontraban juntos.

Después de dos días de la masacre y de su encuentro con Manuelito Acuña, Ramón regresó a su casa. Al abrir la puerta, doña Chuy lo recibió con dos cachetadas:

—Cabrón.

—Órale, abuela, qué le pasa.

—Dos días con el Jesús en la boca, con la zozobra de no saber si te moriste. ¡Pon atención, Manuel!, mataron a las once viejas del culto y hay un sangrerío por toda la calle.

—¿A todas?

—A todas, Ramón, bendito Dios, a todas. Nueve cuerpos regados por la calle, los otros dos desaparecieron.

—Se los han de haber comido los perros.

—No te hagas menso, Ramón. ¡Báñate, que hiedes a sangre!

Aunque en Villa Miseria el modo de vida era violento, había cosas impermisibles como las marranadas del culto. Así que, aunque aterrada de lo sucedido, doña Chuy se sintió orgullosa de su bisnieto.

Ramón Obregón se vio obligado a platicarle todo a su abuela, aunque por obvias razones ella ya sabía que había sido Ramón, quiso escucharlo de su boca. Doña Chuy y su bisnieto decidieron mudarse de Villa Miseria, en esa casa ya no cabían tanto cambio ni tanto secreto ni tanto de lo que ya empezaba.

La Rueda de la Fortuna

La noche en que Manuelito y Ramón se conocieron, Simone los vio, al escuchar tal escándalo, subió al *rooftop* y cuál fue su sorpresa, no había un superhombre, había dos. Prefirió dejar que ellos se conocieran y no interrumpir el encuentro. Y quizás haya más, le dijo a don Fermín. Esperaron a que Manuelito estuviera solo y lo encontraron como siempre, filosofando. *Manuelito, este es el primer día del resto de tu vida; es tiempo de echar a andar tanto conocimiento. Hay muchas cosas sobre ti que no sabes.* Manuelito observó a su abuelo con una mirada nueva, una mirada que no le conocía, y esbozando una sonrisa, le dijo: *Abuelo, hay más cosas sobre mí que ni tú ni Simone sospechan. Ahora soy dos. Voy a planear una reunión con Ramón y su bisabuela lo antes posible.*

Antes de que Ramón le pidiera a su bisabuela ir a Villa Opulencia para conocer a Manuelito, ella, que ya presagiaba algo, le dijo a su bisnieto: *Saca una carta para ver qué te depara esta situación*, y a Ramón le salió El loco y besó la carta: *Jefecita, es buen augurio.*

Unos días después, doña Chuy y Ramón Obregón llegaron a Villa Opulencia, Manuelito los recibió en la biblioteca. Tanto lujo, tantas palabras dentro de los libros, un tapiz verde turquesa con aves doradas de donde colgaba un candil Frances de *Baccarat*, sillones grandes importados estilo Chesterfield, ventanas con vitrales por donde pasaban rayos de sol azules, violetas; la bata roja de terciopelo con la que Manuelito Acuña los recibió, su blancura y sus ojos azul trasparente, todo ahí era un derroche que intimidaba. En el momento en que Manuelito Acuña vio a doña Chuy, le brotó de adentro un sentimiento sereno, un sentir del que había escuchado hablar vagamente: ternura. De sus labios salieron palabras que acariciaron el aire de la biblioteca: *No tenga temor, de hoy en adelante, ustedes son nuestra familia, este vínculo es inquebrantable. Nadie le va a arrebatar a Ramón, nadie. A lo que la bisabuela respondió: Ah, cabrón, este muchachito lee la mente… Ustedes dos ya echaron a andar la rueda de la fortuna*, y los abrazó. Acto seguido, llegó don Fermín que, al ver la telenovelesca escena, no pudo evitarlo y sintió la tan mundana emoción: celos. En ese espacio se unían dos Sumas Sacerdotisas, doña Chuy y don Fermín, generando una energía titánica. Antes de decir palabra, don Fermín posó los ojos en Ramón Obregón; el cuerpo se le llenó de una euforia intensa, como cocaína inhalada llegando al cerebro en cinco segundos. Así, en cinco segundos, al acaudalado abuelo le dio un síncope vasovagal. Su presión arterial disminuyó abruptamente, y menos mal que cayó de bruces en un sillón raro color verde de tela chinilla y roble macizo importado de Francia. Cuando se recuperó, el abuelo atinó a decir: *Ramón y Manuelito, sus características heredadas evolucionaron. Ustedes pueden alterar la realidad solo con su existencia. Ustedes ya tienen un camino pautado. Por el momento, no puedo explicarlo, Empecemos con hacerles un hemograma completo.*

Con esos análisis de sangre, don Fermín constató que Ramón Obregón y Manuelito Acuña pertenecían al 0.6% de la población con el tipo de sangre más raro: AB negativo. El potentado abuelo decidió que su nuevo descubrimiento y su bisabuela se quedaran de planta en el bungalow, la casita pequeña del jardín que mucho tiempo estuvo destinada a visitas. Aunque a doña Chuy no le hizo mucha gracia la decisión del hombre, aceptó mudarse a Villa Opulencia, no encontró las palabras para negarse. Viendo a los dos muchachos tan alados, tan asombrosos, aceptó: *Ni modo que ustedes se vayan de nuestra casa*, le dijo a Manuelito.

Arcano XIII

Ramón Obregón creció con niños que se convirtieron en matones encomendados a la Virgen Auxiliadora. Fue testigo de innumerables injusticias, de no ser por doña Chuy, él también estaría matando por encargo. Cuando creció, hubo un grupito de chamacos que querían reclutarlo y le hacían la vida difícil. Ramón quería descubrir hasta dónde era capaz de llegar y Manuelito tenía apuro de conocer el mundo.

—Siempre he querido partirle su madre a los Romero. Aquí nos iniciamos juntos, Manuelito. Porque yo ya empecé con las viejas. ¿Estás de acuerdo?

—El destino es el que baraja las cartas, pero nosotros somos los que jugamos. Yo se odiar por igual a justos y a pecadores. Lo que quieras, quiero.

Se fueron a las comunas de la ciudad, a casa de los Romero. Ahí estaba la escuela del terror, bajo el mando absoluto de Rogelio Romero, mejor conocido como Cevichón, pues nació en la cevichería del mercado en donde su madre era mesera. Esta fue la última escuela dentro de la ciudad. Las otras están en lugares remotos, detrás de las montañas, alrededor de las maquiladoras y por la frontera. Es irremediablemente triste saber de la existencia de estas escuelas de terror en las que se entrena para el gatillo, la navaja y los puños. Se tortura para aprender a manejar situaciones de presión. Se aprende a trabajar en equipo, se arranca de a poquito la piel de los estudiantes. No es tan sencillo ingresar a estas escuelas y es imposible salir. Ahí se reprueba al que se alcoholiza y anda de bocón, y a los reprobados los mandan al basurero. Una vez graduados, tienen el trabajo asegurado. En ese tiempo había la opción a mercadear marihuana y LSD con los clientes jodidos o con los *hippies*;

a los estudiantes a quienes se les facilitaban las matemáticas, los ponían a comprar y vender heroína, pues el precio varía dependiendo el cliente y el día. La cocaína siempre se dejaba para quien demostraba el don de gente; para conseguirla y venderla la labia era importante, la presencia y la ganancia, muchísima. La probabilidad de vida de los graduados es en promedio de veintidós años. A los que no los matan, tienen pase directo a la cárcel. Ahí, en la cárcel, la probabilidad de vida es hasta de diez años más.

Para Manuelito Acuña, que nunca había salido de su bungalow, el mundo se veía desde un prisma diferente. Ramón Obregón lo metió directo y sin advertencia al laberinto de una ciudad complicada que no se puede entender dese la razón. Los árboles de Villa Opulencia eran tantos que se acariciaban con el viento, eran felices y se arrullaban con el trinar de las aves, las casas inmensas; todo estaba organizado, limpio. Saliendo de ahí, apenas dando la vuelta, se dio cuenta de que las banquetas estaban cuarteadas, progresivamente el entorno era más sucio, el cuello y los hombros de la gente estaba encorvado. Se veían decenas de chamaquitos solos corriendo por las calles. Sin padre ni madre ni abuelos que les dieran un trapo para sonarse los mocos que les escurrían de la nariz a la boca y de ahí al mentón. Las calles estaban repletas de cables y algunos tenían zapatos colgando; en ese lugar los dueños de esos zapatos fallecieron y esa es una forma de honrarlos.

Después de mucho caminar y adentrarse en un desconocido código postal, Manuelito y Ramón llegaron a un edificio de ladrillos grises y ventanas tapadas con periódicos. Ese edificio era calca de la isla de la primera novela de William Golding, *El señor de las moscas*. El conflicto por el poder y la pérdida de la inocencia infantil estaban ante él.

—Mira, Manuelito, esta es la escuela del terror de la que te platiqué.

— Si no me lo dices, hubiera pensado que es Harvard.

Aunque para Ramón Obregón los comentarios de Manuelito Acuña nunca fueron muy claros, no tenía intención de entenderlos. Sin aviso y con furia, Ramón entró en la cocina de la casa de los Romero, y de los ásperos y decolorados pelos, se llevó al Cevichón. Lo llevó volando hasta un terreno baldío en donde Manuelito Acuña ya lo estaba esperando. Con una de las garras, que minutos antes reventaron sus manos, desgarró el torso del más flaco y gandalla de los Romero. Aunque lo que realmente mató al mentado Cevichón fue el escalpelamiento por el tirón de pelos que Ramón Obregón le dio.

—*¡Cálmate, Ramón! Ni te das cuenta de que puedes correr a una velocidad tan rápida que ya ni se mide, se adivina. De tu espalda salió una pluma brillante y filosísima, ya habías matado a ese hombre y le sigues dando. Mejor vamos por los otros.*

Hicieron una cacería de brujas, cuerpos por todos lados, gritos, balazos, los ojos atónitos de los que estaban dentro de ese lugar y de los transeúntes se desorbitaron. Era una pesadilla.

—Manuelito, hay niñitos ahí, los voy a sacar. ¿A dónde los vas a llevar? ¿Al *rooftop*?

—Pues debemos tener un plan, por ahora los dejo en la iglesia. Y vámonos a la chingada.

Pasaron más de cien noches y menos de treinta días (así son las cosas aquí). En ese tiempo, Ramón Obregón y Manuelito Acuña se dieron a la tarea de conocer su poder y ponerlo en práctica. Cuando las calles se iluminaban de neón, ellos sobrevolaban la ciudad. Optaron por quedarse un par de semanas en donde había más acción. En los lugares en donde se practica la profesión más antigua del mundo, siempre hay algo que hacer. Después cambiaban de lugar, porque ya estaban haciendo mucho ruido. Y así, escenas como esta eran el pan nuestro de cada día.

—No me mientas, pendeja, te dieron un quionientón y aquí namás hay doscientos pinches pesos.

—No te pases, Rocco, no me jales, que yo si te dejo la chamba y te buscas otra puta.

—Ya rugiste, pinche vieja, me das mi feria y haces de tu culo un papalote.

De los jalones se pasó a las patadas y se la llevó al conocido callejón de los fregadazos. Los gritos de la muchacha no inquietaron a ningún transeúnte. Manuelito Acuña bajó del cielo como si la noche lo estuviera pariendo. Cogió al tal Rocco de los hombros, rompiéndole la clavícula, y le hundió los colmillos en la yugular. La mujer salió corriendo. Así pasaron varias noches, la gente empezaba a hablar de ellos y se fueron de esa zona, antes de causar más revuelo (el revuelo ya estaba hecho). Una noche, doña Chuy les pidió que se deshicieran de un político.

—Ese tiene nombre y apellido, ya lleva varios difuntos, gacho. Ahora quiere echarse a la esposa porque, según, no está de acuerdo con el gasolinazo ni con tanta violencia. Sabrá Dios cuál es la verdad. De una vez, muchachos, aviéntense a fregarse a varios cabrones que están al mando. Este será el primero.

—¿Y usté qué se mete, jefa? ¿Nos vamos a fregar a todos los políticos influyentes de acá? Ya hemos fregado a varios que están al mando.

—Buena idea, Ramón, así se acabarán los problemas del país. Miré doña Chuy, es mejor un poco que esté bien hecho, que una gran cantidad imperfecta. Vamos a darle la visita a este político de poca monta.

—Ya no se siga metiendo en esto, jefa. Don Fermín no anda metido en pedos, así y como quiera, tenemos que estar de bajo perfil, como dice la señora Simone.

—Ay, Ramón, no me venga con eso. Bajo perfil ni que bajo perfil. Toda la gente ya sabe de ustedes.

—Doña Chuy tiene razón, el bajo perfil se acabó. Finito. ¿A dónde hay que darle la visita al politiquillo? Además, será un gesto amable para todos. Esa gente siempre me ha llamado la atención. Y doña Chuy, si usted quiere seguir con la adrenalina en el cuerpo, sígale aquí, nosotros somos sus guardaespaldas. Se agradece tu silencio, Ramón.

El político en cuestión no sufrió. Ramón Obregón y Manuelito Acuña se escondieron en la cochera de la mansión del hombre. A las tres treinta y tres de la madrugada, llegaron dos camionetas negras de donde bajó el fulano con tres hombres más, no se dieron cuenta y también salió un dóberman directo a donde estaban ellos. El can sorprendió a Manuelito, por el susto, de sus alas salió una cuchilla, que sin misericordia atravesó la frente del hombre. El perro no se acercó más a ellos, un rugido salió de los pulmones de Ramón y sus dientes se afilaron. Los guardaespaldas y el perro salieron despavoridos del lugar.

—Manuelito, ahora ya sabemos que te asustan los perros —dijo Ramón en tono de burla.

Los Enamorados

Se quedaron varios días escondidos en el *rooftop*, nadie los molestaba, pues tenían que ir descubriéndose solos y descansar. En esos días, el olor que emanaba de la piel de Ramón Obregón, la pureza de sus treinta y dos dientes, las manos lisas y los dedos amplios, erizaron varias veces las plumas grises y escasas de Manuelito Acuña. Experimentó su primer petit mort la primera vez que rozó las plumas blancas y espesas de Ramón.

La oportunidad de Manuelito Acuña llegó, y aprovechando que Ramón Obregón estaba viendo al horizonte, se abalanzó a su pecho. Sus brazos lánguidos y pálidos apretaron con fuerza los brazos fuertes y oscuros del hombre alado, a quien siempre soñó comerse en crudo. Quería amarlo en esta vida y en la siguiente y en la otra y en todas las vidas. Ramón Obregón lo empujó con las piernas. Manuelito Acuña, siendo más fuerte, lo jaló de los hombros alcanzando su espalda. En ese momento, Ramón Obregón disparó dos cuchillas, cortando los antebrazos de Manuelito Acuña. Sus alas grises y escasas se erizaron. Cuando Ramón Obregón le dio un golpe cerca del ombligo, Manuelito Acuña se abrazó de sus hombros torneados y oscuros, le alcanzó la boca y le besó los labios. Ramón Obregón abrió la boca y las alas de Manuelito Acuña se convirtieron en alas diosas; por el contrario, las alas blancas y espesas de Ramón Obregón se achicaron. Aunque son alas diablas, hay momentos en que Dios todopoderoso siempre gana la partida. Finalmente, y con la luna en lo alto, los cuerpos mojados, enredados y amorosos se hicieron uno. Ramón Obregón en vano intentó zafarse de la incontrolable bestia en la que Manuelito Acuña se había convertido. Ramón Obregón nunca lo rechazó del todo, pues al final, Diablo y Dios actúan de la misma manera.

Ramón Obregón es feroz, y su mirada, aunque está desviada, levanta pasiones. A Manuelito Acuña, la retórica permanente de sus palabras lo hacen peligrosamente enigmático.

El Mundo

Simone Alcázar confirmó la lista de superpoderes de Ramón Obregón y Manuelito Acuña. *La agilidad y velocidad sobrehumana, las armas naturales, las garras, los dientes afilados y las alas, que, además de volar, lanzan plumas como si fueran cuchillas. Ramón, tienes que trabajar la clarividencia y psicometría con doña Chuy; por su parte, Manuelito Acuña tendrá que aprender a controlar la superfuerza. Aunque Manuelito Acuña no le parece superpoder, también es omnilingüista. Ustedes tienen más que agregar a la lista, así que díganmelo ahorita.* La notoriedad fue inevitable. Manuelito Acuña y Ramón Obregón aparecían constantemente en la portada de periódicos nacionales e internacionales. Eran tema de conversación y se hacían comentarios sobre los sucesos ocurridos. *"Ramón, necesitamos un nombre para ocultar nuestra identidad, para dar pistas de qué somos, un nombre que refleje nuestro poder o como quieras llamarle".* Doña Chuy los bautizó como Arcanos, *Ramón y Manuelito remiten a un sentido oculto y son poderosos.* Y así nació el nombre…

Muchos los idolatran y quieren conocerlos más. Lo que es bien sabido es que Ramón Obregón es práctico y siempre tiene prisa. Por eso se va directo a la yugular. No le interesa que tan escandaloso sea el color; además, la sangre, al ser más fresca, es efervescente, a Ramón siempre le han gustado las burbujas. Manuelito Acuña, por su delicadeza y animalidad, prefiere morder la vena femoral que se encuentra arriba del muslo. La sangre tiene menos oxígeno y el flujo es menor. Así no se ensucia y el éxtasis no sube tanto a la cabeza.

Para otra gran parte de la sociedad, esto es una práctica deplorable y despiadada. Como los Arcanos no trabajan con la policía y niegan todo pacto jurídico, las fuerzas armadas los están buscando. Doña Chuy atinó a decir:

—Buenos o malos, todos tenemos derecho a un juicio. Ya se alborotó el gallinero mucho y se están saliendo de control.

—Ya váyanse a donde —dice don Fermín. Al menos, ya forman parte del mundo como Arcanos. Saquen una carta. —Los dos se decidieron por una y salió el carro—. Ramón y Manuelito, llegó el momento de un cambio inminente. Prepárense y controlen los sentimientos para sus seres queridos, los dejaran atrás.

Ya habían pasado dos años desde su primer encuentro, los Arcanos tenían que conocer más acerca de su condición de superhéroes, y no lo podían hacer solos.

Los sucesos que Simone y don Fermín vivieron en Isla Plata

no caben en un solo cuento peculiar. A continuación se intenta describir a grandes rasgos lo sucedido.

El Carro

En Isla Plata, Simone y don Fermín conocieron a Icana, una mujer maravillosa de Brasil que hace unos años preparó un ejército de amazonas para defender su tierra e impedir que la deforestación avanzara. Ella los llevó a conocer a "La Unión y Liga de la Justicia Latinoamericana".

Don Fermín y Simone habían esperado que Ramón Obregón y Manuelito Acuña estuvieran preparados para llevarlos a la Isla Plata.

—Los voy a acercar hasta el Archipiélago de Revillagigedo. Después van a volar sobre el punto más alto, el monte Evermann, que está en la isla Socorro. Ya van a estar esperándolos —aseguro Simone.

—¿Cómo saben que llegaremos hoy, Simone?

—Ellos saben que llegarán en cualquier momento, Manuelito —dijo Don Fermín.

—Pero si no están, Don Fermín, ¿qué pasará?...

— No hagan preguntas que no se pueden contestar. Ya averiguarán todo cuando lleguen. Y si no están esperándolos, pues ustedes van a buscarlos —les contestó Simone.

Llegaron a Isla Plata y los Arcanos volaron ahí; entonces la porción de tierra se sumergió, dejando el mar en calma.

De la pluma de la autora

Gracias infinitas a mi madre por darme la vida, a mi padre por su apoyo, a Víctor mi destino y primer lector, a Lolita por darme paz. Siempre gracias a Fernando, cuando alguien cree en ti no lo sueltes ni lo decepciones.

Con *Relatos Arcanos* me doy el lujo de prescindir de algunos detalles del oficio literario. De principio a fin el lenguaje es accesible, coloquial mexicano. *Azul* y *Atroz* tienen una voz argentina. Aunque todos los relatos Arcanos podrían ser improbables e indecibles están basados en hechos reales, únicamente ficcionados con mi carencia de cordura. La mente del lector está a disposición de estas diecinueve historias. La belleza y misticismo del Tarot es el aura que protege los relatos en este libro. Todos tenemos un Arcano que resguarda nuestros secretos más escondidos; los menores examinan nuestros aspectos cotidianos y los mayores muestran nuestro proceso humano universal. Con *Relatos Arcanos* estoy deseosa de activar la lectura voluntaria de un lector nuevo, un lector ávido de escapar a otra realidad y, si corre con suerte, recordarle episodios ya vividos o momentos que están por vivir. Los sueños son interminables.

Tanya

Biografía

Tanya Victoria nació en la Ciudad de México, ahí estudia Teatro, Creación Literaria y Literatura Latinoamericana. De niña su mundo imaginario estaba lleno de gnomos, duendes y fantasmas. Su madre fomenta el hábito de la lectura y también la pasión por el cine, particularmente del género de terror. En 1994 comienza sus pininos en el teatro protagonizando *"La Bella y La Bestia"*, participa en el festival del Unicornio en Cuba con la obra *"Los destellos rojos del amor"*. En 1995 entra a estudiar su diplomado de Creación Literaria en La Sociedad de Escritores de México, esa época dorada de SOGEM es un parteaguas en su vida. Maestros de la talla de Hugo Arguelles, Jose Maria Fernández Unsain, Dolores Castro, Emmanuel Carballo, Susana Reyes, Tomas Perez Turrent, Eduardo Casar, Alejandro Cesar Rendon, entre otras exquisitas plumas literarias, la llevan de la mano a escribir; de ahí no hay vuelta atrás. Para 1998 es ganadora del primer lugar en su primera participación del concurso nacional de género negro y fantástico, concurso de radio de medianoche, con su cuento *"La Botella"*.

Cuando se muda a Chicago trabaja impartiendo clases de español, teatro, piano para estudiantes de corta edad. Otro parteaguas en su vida es la revista cultural *Contratiempo*, en donde durante diez años escribe artículos de diversidad cultural en Chicago, publica cuentos, se encarga de reseñas y críticas de teatro, cubre eventos culturales, entrevista personajes como Henry Godínez, Michelle Lamour, Yolanda Cesta Cursach, Diego "El Cigala" y Jose Castro Urioste, entre otras importantísimas figuras del ámbito cultural. Durante tres años es parte del consejo editorial de *Contratiempo*. Tanya ha colaborado con *El Béisman* y *Chicago Tribune*. Durante quince años trabaja en el departamento de educación en la Sociedad de zoológicos de Chicago en donde escribió guiones en español para videos enfocados al medio ambiente y ecosistemas dirigidos a una audiencia familiar. Los videos han quedado para la posteridad en YouTube. En *Brookfield Zoo* colaboró haciendo traducciones al español para diferentes áreas del zoológico, participa en ferias de ciencia en CPS apoyando estudiantes que hablan español. Durante ese tiempo estuvo encargada de las traducciones y facilitación de entrenamientos de iniciación en la naturaleza de educación informal en Argentina, República Dominicana, Chicago, Phoenix y México. Mientras esta encerrada en casa por la pandemia retoma su pasión por la escritura, abre el baúl de los recuerdos y se dedica a pulir cuentos de antaño y a crear historias nuevas. En 2021 pública cinco cuentos en línea *"Cuentos Peculiares"* junto a Jenny Reeks, traductora literaria que hace una impecable traducción al inglés *"Peculiar Stories"*. Durante ese tiempo Tanya participa en los Talleres Literarios del maestro de la literatura de Horror Mario Cruz, en talleres de cuento y análisis literario con la reconocida escritora mexicana Lola Ancira. En el año 2021 la editorial *Ars Communis* publica su cuento *"Azul"* para la antología *"Féminas"*. En el año 2022 el microrrelato *"La Pena"* es parte de la publicación *"Con la urgencia del instante"* de la editorial *Ars Communis*. Su cuento *"La Esquina"*, fue semifinalista en el concurso El Mundial de Lectura impulsado por Chasco Club en Argentina. Tanya formó parte del comité editorial *"Las Notas de Orfeo"* en donde en el año 2022 se publica el libro artesanal, y en la plataforma en línea *Lektu*, *"Letras Súbitas"* veinte cuentos de fantasía oscura escritos por dieciséis escritores internacionales.